暗内 智
【くらうち さとし】
【モンスターマスター】の特殊能力に目醒めた青年。
捕獲と育成の両方の能力を操ることができ、
着実に最強のモンスター軍団を作り上げていく。
JN018957

大聖堂の最奥。十字架に人の骨が
縛りつけられた祭壇の前に立つ、
人型のモンスターが明確な人語によって俺たちを迎えた。

その光景だけで、
この場所が普通の場所でないことを改めて理解する。
「――ヨウコソ。我ガ聖堂へ」
「ッッ!?」

萌美 優理
【もえみ ゆーり】
人気ライトノベル作家だったが、
世界崩壊に伴い自室に引き籠もっていた。
性格は、想像を絶するほどの陰の者。

壁一面に並んだステンドグラスからは、
陽の光が優しく差し込みこの広大な
〝大聖堂〟を照らしている。
天井は、〝なかった〟。
無限に上へ上へとステンドグラスが並び続け、
その終わりは人間の目で見ることは叶わない。

~東京魔王~
モンスターが溢れる世界になり目醒めた能力【モンスターマスター】を使い最強のモンスター軍団を育成したら魔王と呼ばれ人類の敵にされたんだが

鎌原や裕

〜東京魔王〜

モンスターが溢れる世界になり目醒めた能力【モンスターマスター】を使い最強のモンスター軍団を育成したら魔王と呼ばれ人類の敵にされたんだが

倒壊したビル群の瓦礫を、太陽が照らしていた。

春風がビルの窓から突き出る樹木の葉を揺らし、サワサワと優しげな音を立てる。

人がごった返していた交差点に、人の影はない。割れたコンクリートの隙間からは木が生え、小動物や小鳥たちが遊ぶように木々を行き交いじゃれあう。

――日本の心臓部、東京都。

都心部を象徴していた高くそびえる摩天楼は崩れ、壊れ、瓦礫の大地となり果てた。

倒壊を免れたビルには巨大な植物が覆い被さるように絡みつき、巨大樹の一部へと取り込んでしまった。

栄えたコンクリートの大国。今やその面影はない。

ビル群は巨大樹に呑み込まれ、街中に根が這い回り、緑が生い茂る。

日本が滅び、数百年が経過したかのような景観。建物は劣化し、蔦が伸び、花が咲き、今や無傷のコンクリートの建物を見つける方が難しいだろう。

さながら、大森林。東京を喰らった自然の猛威は、容易く人間の住処を奪い去った。

今や、東京は人の都市ではない。

緑色の東京を闊歩するのは、〝異形〟の者たち。

この世界に存在するはずのない、幻想の中にだけ存在していたはずの者たちが、現実に存在し、確かに生きて、その足で歩き、明確な意思を持って、人間の生活圏を脅かしていた。

２０２０年、冬。季節の変わり目を告げる、冷たい風が吹きはじめた頃だった。

日本の、否、世界の平穏は、容易く崩壊する。

世界各地に現れた、謎の建造物〝ダンジョン〟の存在によって。

人類が築いてきた歴史を踏み躙りながら、ダンジョンはその姿を現した。

日本で最も名高い電波塔を押し潰し、天から降り注いだ長大な塔。

一つの県を丸々飲み干して現れた穴。

空を支配し、永遠に陽の光を閉ざす扉。

大小様々。千姿万態。しかし、これらのダンジョンが現れただけで、人類が築き上げた文明を崩壊させることができるだろうか？　否。数々の災害を乗り越えてきた人間は、そこまで弱くはないと断言できる。

人類は……ダンジョンによる暴虐に脅かされたのではない。ダンジョンの内部より溢れ出した存在が、人類を脅かしたのだ。

異形の存在――モンスター。

ゴブリン。オーク。トロール。コボルト。インプ。リザードマン――。

世界各地の伝承や神話、漫画やアニメ、ゲームに登場する幻想の住人たち。

幻想は悪夢に姿を変えて、災厄の化身としてダンジョンから洪水のように溢れ出たモンスターは、人間を遥かに超える人外の力をもって、人類を蹂躙した。

人間はおろか、地球に存在するどんな動物をも優に超える膂力で暴れ、大型車、クレーン車すら子供のおもちゃのように宙を舞った。

ドミノ倒しのような気軽さで、摩天楼が瞬く間に倒されていった。

人の鮮血で道路が染まった。ショーウィンドウには生首が並べられた。腐敗した人間の身体で川が埋まった。蟻を踏み潰すような気軽さで、人の命が奪われていった。

無論、人類側とて指をくわえて立ち尽くしていたわけではない。

武器を持ち、戦った。国を護るための機関も、迅速な対応で国民を守る義務を果たそうとした。

しかし、彼らが想定して訓練していたのは対〝人間〟。対〝兵器〟。人間や動物にしか使用を想定していない銃器では、幻想の住人であるモンスターを相手に優勢に出ることはできず、日を追うごとに人類はその数を減らす。

モンスターが人類を減らすほど、ダンジョンは嬉々としてさらに魔の手を伸ばしていく。

ダンジョンを中心として、都心部を自然が覆っていったのだ。

ビル群は巨大樹が呑み込み、街には大小様々な根が張り、蔦や緑が生い茂る。

歴史は壊され。人は殺され。大地は奪われ。

人類の全て(すべ)を奪おうとするダンジョンに対して各国は死力を尽くすも、人類が保有する中で最も威力(いりょく)のある爆弾、ミサイルなどの兵器ですら、ダンジョンを破壊するどころか傷ひとつつけることも叶(かな)わなかった。

絶望の淵(ふち)。もはや、為(な)す術(すべ)もない。

いくらモンスターを殺しても、モンスターを生み出すダンジョンを破壊しなければ無意味。

このまま、人類はこの星から姿を消すのだろう。人類が生きていたという証(あかし)すら壊し尽くされて。

そう思われていた。

しかし、人類側に転機が訪れる。

ある日を境に――全ての人間が特殊能力(スキル)に目醒(めざ)めたのだ。

特殊能力(スキル)に目醒めた人類の身体には、数々の異変が生じはじめた。

最たるものといえば、自分の身体能力を数値化したステータスを閲覧(えつらん)できるようになり、Lv(レベル)という概念が生まれ、さながらロールプレイングゲームのようなシステムが現実となって人類の強い武器となり、モンスターに反撃する糸口となる。

幻想の力を手にし、人類はようやく、モンスターと同じステージに上がることが叶ったのだ。


人類は特殊能力を瞬く間に自分のものにし、手足のように駆使した。

まるで、〝最初から身につけていた〟かのように。

特殊能力に目醒めた人類は、もはや別の存在へと昇華していたと言っていいだろう。

人が、無より炎を生み出すことができるようになった。人が、大型車を片手で担ぎ上げられるようになった。人が、棒切れひとつでバスを両断できるようになった。

まずは、ゴブリンを殺した。

次に、オークを殺した。

今度は、もっと沢山のモンスターを殺した。

そして、はじめてダンジョンを〝クリア〟した。

人が初めての勝利を手にしてから、一年が過ぎようとしている。

都内、某所。
倒壊を免れた物流センター跡に、青年の姿があった。

無造作に伸ばされた癖のあるボサッとした髪は目元を隠し、顔の半分も見えていないがおよそ二十歳前後であろうか。

センター内の天井から垂れている蔦や草、棚を覆う蔓草を邪魔そうに除去しながら、その青年は何かを探している。

「あ、くそ。この区画、食品置いてねぇ」

蔓を除去した棚の奥からは日用雑貨が見つかり、それをひとつ手にとって落胆の表情を浮かべる。

物流センターなら缶詰などの長期保存できる食料があるかと思って訪れていたが、いかんせん自然の侵食が激しく、人が活動できる場所があまりにも狭まっていた。

青年のいるセンターも半ば樹木に埋もれており、この区画になら食品があるのではないかと一縷の望みを懸けていたが……失敗に終わった。

「くっそ～、形の残ってる建物自体けっこう珍しかったのに。缶詰なんてあったら、物好きな奴がレアなアイテムと交換してくれんだけどな」

都心だけでなく、日本全土を襲ったダンジョンの侵食。

人間の文明はリセットされたに等しい。半原始時代的な生活を余儀なくされ、当たり前だがスーパーに並べられていた加工品は手に入らなくなった。

生産工場も自然に侵食され、作る人間も大部分が殺されたのだ。流通するわけがない。

ゆえに、現存する缶詰などの加工品は今では高級品扱い、もっと言えば資産ともいえる代物だ。特にフルーツ系のものはレア度が跳ね上がる。

〝ダンジョン攻略者〟にはそういった物を集める物好きがいたりするので、そういう人間と交渉をすればダンジョン内でしか手に入らないアイテム、人によってはレアなドロップアイテムや上等なポーション等と交換してくれる。

今となっては紙幣など尻を拭く紙にもならないごみ屑。現状の日本では、食品やアイテムの物々交換が主流になっている。

そのレアアイテム狙いで缶詰を発掘に来ていたが……そう簡単にはいかないようだった。

「時間は……昼の2時か。日が暮れるまでに帰りたいし、そろそろずらかるか」

腕時計（太陽光充電式）で時間を確認した青年は腰をグ～っと伸ばした後、ポケットに手を入れて帰路につく。

あまりにもリラックスした雰囲気の青年だが、このセンター近辺にもモンスターは生息している。

決して安全な場所だからリラックスしている、というわけではない。

にもかかわらず青年がこうもリラックスしていられるのは、事前の下見でこの近辺のことをしっかり把握しており、夕方を過ぎるまではゴブリンやコボルトなど、比較的危険度の低いモンスターしかいないことを熟知しているからだ。

だとしても、1年前――ダンジョンが出現した当時ならばそのゴブリン、コボルトでさえ人間からすれば十分な脅威であった。が、特殊能力に目醒めた今、ゴブリン等のG級モンスターではあまり脅威を感じなくなっている。

「お」

センターの入口に向かって歩いている青年のもとへ、一本足のカラスが飛んでくる。そして、カラスは青年の頭上を3回円を描くように飛び、青年の肩に止まった。

「センターのまわりにモンスターは一匹もいない、か。ラッキー。急げば戦わずに帰れそうだな。さんきゅ」

青年はカラスに礼を言うと、ポケットから長さ10cm、幅5cm程度の大きさに整えられた長方形の水晶を取り出し、カラスに近づける。

近づけた水晶が淡く光り、カラスの身体を水晶と同じ光が覆う。

覆った光が〝カラスと一緒〟に水晶へ吸い込まれるのを確認すると、青年はその水晶をまたポケットにしまった。

「よし、急ご！」

カラスによってセンター周辺の現情報を得た青年は、センター内に転がる大きなコンクリートの破片を器用に避けつつ駆け出した。

■■■■■■■■

築60年、トキノ荘。２０３号室が、俺——暗内智の城だ。

今や珍しい、完全な建物として現存している稀有な例。残念ながら外観は蔦が所狭しと生えているせいで良いとは言えないが、家の中は全く侵食されていない。

家賃が安いから、と住んでいたボロアパートも、こんな世の中になってしまえば昔からあるお寺よりも貴重な建築物だ。

蔦が天然のカーテンとなり外からは俺の存在がバレず、都心部からも多少離れているからオークやリザードマンのような人型のＦ級モンスターも群れでは行動せず、危険度が低い。

大声を出さなければ、まず気づかれることはなく、充分に隠れて暮らすことができる完璧な我が家だ。

「たでぇま～、っと」

まぁ、そんな我が家も中に入ってしまえばただのアパート。カーテンが閉め切られ薄暗い、こぢんまりとした空間が広がっていた。

小さな部屋に見合う小さなクッションへ腰を下ろす。

「今日も収穫ナシ、か。もうここら一帯の貴重品は漁りきっちまったかね」

チラリと部屋の隅へ目を向ける。

今までに集めた十数個の缶詰たちが山積みにしてある。

数秒間ほどその山を見つめ、少し躊躇した後、我慢ができず一番上に積んであった『ほたいの焼き鳥・甘タレ味』を手に取り、蓋を開ける。

カシュッという音の後に甘タレの香りが鼻腔を刺激し、思わず唾をゴクリと飲み込む。

「はぁ〜、コレよコレ」

物好きとの交換用として残していたけど、この人工的な甘辛さを身体が求めてしまう時はある。

しょうがないよね、人間だもの。

「……ん〜、やっぱほたいの焼き鳥はうめぇよな。これだけは自分用ってことにしよ」

爪楊枝でひとつ口に運びながらそう決めると、ずっと前から時を止めたカレンダーがふと目に入り、今日までの日々を強く意識させた。

２０２０年の、11月に入ってすぐの頃だったか。日本が〝こう〟なったのは。

「もう二度目の春だから……今は２０２２年の3月か4月ぐらいか。なんだかんだ、生きていけるもんだな」

モンスターがそこかしこに放たれて、電波が使えなくなるまでそう時間はかからなかった。

外部の情報は入らなくなり、連絡も取れなくなって、いま日本にどれだけの人間が生きているのかもわかっていない。

「正直、あんま興味ないけどさ」

幸運と言うと語弊があるが、両親もダンジョン騒動の数年前に亡くしていたし、兄弟もいない。心配するほど深い付き合いの友人もいなかったから、自分が生きることだけを考えていれば良かったのが不幸中の幸いだろうか。

家族の安心を考える必要がないことが、幾分か生きていく余裕に繋がったように思う。

しかし、最推しラノベ作家である萌美優理先生の作品をもう読むことができないというのには大分メンタルを削られた。

特殊能力に目醒め、その能力のロマン性に惹きつけられなかったら、自棄になってモンスターに特攻をかまし、天に召されていた可能性が高い。

オタクと形容できる俺が、特殊能力、こんなゲーム的であり、ファンタジックな能力に目醒めたのにこの世から去るわけにはいかない。

ダンジョンが現れ、人類はモンスターに蹂躙されるしかないのかと絶望する最中に目醒めた、〝二つ〟の異能。そのひとつがこの特殊能力だった。

この能力に目醒めた日のことは、昨日のことのように思い出せる。

その日の朝は、酷い悪夢で目を覚ました。

冬のはじまり、肌寒い日だった。にもかかわらず、俺は真夏の日差しに晒されていたのかと勘違(かんちが)いするほど汗(あせ)をかいていたんだ。

恐ろしい夢だった。今でも、思い出すだけで肌が総毛立(そうけだ)つ。

なのに、夢の内容はまるで覚えていない。怖いという感情だけが残り、映像としては全く思い出せなかった。

怖かった。気持ち悪かった。おぞましかった。およそ、思い浮かぶ限りの嫌な感情を全部ごちゃ混ぜにして鍋(なべ)で煮込んだような夢。

その夢から醒めると――俺は特殊能力(スキル)が使えるようになっていた。

不思議な感覚だったな。まるで、生まれた時からこの力と一緒に育ってきたんじゃないかと感じるほどに、特殊能力(スキル)というものに違和感がない。

使い方も、瞬時に理解した。

昔はよく使っていた言葉や場所を、すっかり忘れていたのにふとした瞬間に思い出したら、芋(いも)づる式にそれに関連する記憶が次々と甦(よみがえ)ることがあるだろう。

それと似た感覚だ。すでに知っていて、思い出しただけ。

〝コレ〟の使い方もそれと同様だ。

「タブレット」

食べかけの缶詰をテーブルに置き、中空に手をかざし呟(つぶや)く。

かざした手の先に真っ黒なタブレット（縦(たて)30～40㎝。横に20～30㎝くらい）が瞬間移動してきたように瞬時に現れた。
宙に浮遊しているソレを手に取ると、黒い画面に白い文字が高速で浮かび上がる。

・名前／暗内智
・年齢　性別／22歳　男
《身体的能力》
・Ｌｖ.17
・ＨＰ　１２２０／１２２０
・ＭＰ　０
・攻撃力＝30
・守備力＝18
・俊敏性＝35（＋５）
・攻撃魔力＝０
・支援魔力＝０
・守備魔力＝34
《特殊能力（スキル）》
・【モンスターマスター】Ｌｖ.２

・【鑑定眼】Lv.1
・【逃げ足】Lv.MAX
《装備》
・なし
《アイテム》
・48/60

人類が目醒めた二つの異能。特殊能力と、そしてもうひとつが……この〝ステータス〟だ。

タブレットに表示されているのが、俺のステータスだ。

このステータスタブレットの出し方も夢から覚めたら既に理解しており、すぐに使えた。

ゲームの取説を頭の中に直接ブチ込まれた、感覚だな。その時の気分は……よくわからん。

自分の好きな漫画やラノベみたいな展開が自分の身に起きた嬉しさと、寝てる間に脳味噌を弄られた恐怖。

この異能を使った時の感覚を言い表すなら、〝使えるようになった〟じゃなくて〝使えるのを思い出した〟だ。

新しく記憶に追加されたんじゃなく、記憶をねじ込まれている。怖くないわけがない。

そんな恐怖の感情と喜びの感情がせめぎ合っている最中に──ダンジョンが出現した。

あっという間って、ああいう時に使うんだろう。

テレビの緊急生中継で映し出される、押し潰された東京タワーの上にそびえる塔。

街に溢れる、怪物の群れ。自然の猛威。とんでもないスプラッタ映像が俺のテレビに映し出されていた。

家の外ではパトカーや消防車のサイレンが鳴り響き、人の喚き声や怒声、大群が走る足音が俺の耳を震わす。

あの時、外は地獄の様相で、カーテンを急いで閉めて押し入れの中に布団を詰め込み、その布団の中で震えて時が過ぎるのをひたすら待っていた。

「何度思い返しても、外に出なくて正解だったよなぁ。常に家にいるインドア派で良かったわ」

最後の焼き鳥を口に放り込んで、過去の自分が下した英断を讃える。

「ごちそーさん」

空になった缶詰を捨てて、改めてステータスタブレットに目をやる。

約1年。当初、押し入れで震えることしかできなかった俺も、特殊能力を使い戦ってきた。

その結果がＬｖ.17。

いやまぁ、ぶっちゃけクソ低い。お前1年間なにしとったん、と言われるレベル。

ゲームと同じく、モンスターを倒せばレベルは上がる。

Ｌｖ.17なんて、正直ちゃんと戦う連中なら2～3カ月もあれば簡単に到達できるらしい。

ついこの前まで低レベルの駆け出しって感じだったチームが、数カ月ぶりに見かけたら随分と立派な装備をつけていた。

会話を盗み聞きしていると、なんと全員Lv.30前後にまで強くなっていた。1年かけてLv.17というのがいかに低いかよくわかる。

なら、なんで俺はこんなにもレベルが低いのか。

それは俺の特殊能力、【モンスターマスター】に起因する。

タブレットに映る【モンスターマスター】の項目を指で押すと、【モンスターマスター】の詳細がタブレット画面に表示される。現代っ子に優しい操作感だ。

・【モンスターマスター】

《特殊能力説明》

・特殊能力最上位格の能力。全階級のモンスター捕獲を可能とし、強力な育成補助、モンスターの進化を行える。

《特殊能力・モンスターマスター所持者が使用可能になる能力》

・匣水晶(初期能力)

この匣水晶を使用することで全てのモンスターを捕獲することが可能となる。匣水晶には水色→黄色→赤→虹の色があり、下に行くほどモンスターが捕獲しやすくなる。

捕獲（テイム）方法はモンスターに匣水晶（カプセル）を接触させること。捕獲（テイム）難度はモンスターの強さ、残HP、状態異常、疲弊（ひへい）の度合いにより変動する。強力なモンスターであるほど匣水晶（カプセル）の力に対する抵抗が強くなり、捕獲（テイム）は困難になる。

この際、モンスターをできうる限り弱らせると捕獲（テイム）難度を下げることができる。

匣水晶（カプセル）によって捕獲（テイム）されたモンスターは匣水晶（カプセル）内にいる際、自動的にＨＰが少量ずつ回復していく。

・育（はぐく）む者（初期能力）
捕獲（テイム）モンスターのレベルアップ必要経験値減少。レベルアップ時のステータス上昇にプラス補正。進化時のステータスアップにプラス補正。

特殊能力（スキル）を魔獣結晶と引き換えに捕獲（テイム）モンスターに習得させることができる。

捕獲（テイム）モンスターがどのＬｖで何の特殊能力（スキル）を習得するか、ステータスタブレットより確認することができる。

捕獲（テイム）モンスターの特殊能力（スキル）レベルアップ早熟効果。

捕獲（テイム）モンスターは定められたＬｖに達すると進化することができる。

モンスターを捕獲（テイム）した瞬間から、特殊能力（スキル）【モンスターマスター】を所持する者は自身のレベルアップ時のステータス上昇値がＨＰ以外著（いちじる）しく下降する。レベルアップ必要経験値が増大する。

・上級匣水晶作製（カプセル・クリエイション）（Ｌｖ．２到達解放）
初期能力・匣水晶（カプセル）作製の進化能力。

モンスターのドロップアイテム、魔獣結晶、ダンジョン内で発掘できる鉱石を用いて通常の匣水晶（カプセル）より捕獲（テイム）難度が下がる匣水晶（カプセル）を作製することが可能になる。
・（能力Ｌｖ．３に到達で解放）
・（能力Ｌｖ．４に到達で解放）
・（能力Ｌｖ．４に到達で解放）
・（能力Ｌｖ．ＭＡＸで解放）

この【モンスターマスター】の能力、【育む者】のデメリット効果によりレベルが上がりづらくなり、今のＬｖ．17という結果がある。

しかし、全く気にしてはいない。

この【モンスターマスター】という特殊能力（スキル）のおかげで、今まで大きな命の危険もなく平穏（へいおん）無事に過ごせてきたのだから。

能力の内容を見たらわかるだろう。そう。某有名モンスター育成ＲＰＧの捕獲用具だよ。

掌（てのひら）に収まるサイズの匣水晶（カプセル）をモンスターに投げて、捕まえて、戦わせる。

ゲームと違うのはモンスターを捕獲（テイム）する時、率先（そっせん）して俺を殺しにくるところくらいだ（致命的）。

モンスターに匣水晶（カプセル）を投げて捕まえるだけ。言うは易（やす）し行うは難（かた）しとはよく言ったもので、最初の一体目を捕獲（テイム）するまでがキツかった。

まず第一関門、外に出る。第二関門、群れていないモンスターを見つけ、近くに他のモンスターがいないことを確認する。第三関門、モンスターに匣水晶（カプセル）を当てられる距離まで近づくこと。

たとえ匣水晶（カプセル）が当たっても、捕獲（テイム）は確定じゃない。匣水晶（カプセル）も初期の段階では気軽に入手できるものでもなかった。

チュートリアルですと言わんばかりに、手元に現れた匣水晶（カプセル）は5個。外しても拾えばいいといっても、俺は生身（なまみ）の人間。向こうは怪物で、そんな余裕はない。チャンスは5回、絶対に外せない状況だった。

「人間、生死が懸（か）かるとマジで頑張るんだよなぁ」

ゲーム以外、いや、ゲーム以上に、あんなに本気で物事に励（はげ）んだことなんてなかった。

能力的に、生き残るにはモンスターを最低でも一体は捕獲（テイム）しなくちゃいけなかったから、孤立しているモンスターを死に物狂いで探したよ。

最初に捕獲（テイム）したのは小汚いゴブリンだった。

民家の陰（かげ）に隠れ、細心の注意を払いながら街を散策（さんさく）していると、一匹でうろついているゴブリンを発見。待望の瞬間だった。

俺の能力を使う絶好の好機。絶対逃すものかと、全力で匣水晶を投げてとっ捕まえてやったよ。

学生の頃、校内で一番肩が強かった（ハンドボール投げ62ｍ）ので、遠い距離からでも狙い撃つことができた。

人生最大の集中の上、投擲。自慢の強肩から繰り出される豪速球は頭へ見事命中し、一発で捕獲に成功。10㎝程の棒状の水晶が高速で頭に衝突したんだ、なかなかのダメージになっていても可笑しくはないわな。

最初の捕獲モンスターが汚ったないゴブリンっていうのが今思えばどうなんだと思うけど、あの時は捕獲できたという結果に狂喜乱舞したのを覚えている。

急いで匣水晶を回収し、全力で家に帰ったっけ。

そこから、俺の華々しい【モンスターマスター】生活がはじまって――は、いない！

「おもっくそ〝はじまりのまち〟で止まっとる」

恥ずかしながら、自分……1年かけてテイムしたモンスターはゴブリン3体と闇烏2体。コボルト3体の合計8体のみ。

ダンジョン攻略が進み、その過程でモンスターの種類も数多くわかったことで、モンスターには強さを分ける階級が付けられた。

この階級は、人間とそのモンスターが戦った時の危険度によって高い低いが定められる。

階級はゲームに倣い、S．A．B．C．D．E．F．G。上から危険度が高く、下に行くほど危険度は低くなっていく。

そして我が軍団の一員、ゴブリンの階級は……G！　闇烏もG！　コボルトもG〜！　オールGッ！

拙者、【モンスターマスター】といいながら全くモンスター捕獲してない侍！

え？　1年間なにしとったんお前マジで、だって？　馬鹿野郎！　安心して眠られる住処を捨てて、さぁゴブリンたちを連れて冒険の旅に出かけよう！　なんてできるわけねぇだろ！

ゲームじゃねーんだよこの世界！　チャリ漕いで呑気に旅なんかできねーよ！　俺が住んでるここら辺はF級より上のモンスターが出ないからいいけど、ここから離れればそれ以上のモンスターが出る可能性は高い。

だからまず捕獲で手持ちを増やすんじゃなく、俺は【モンスターマスター】の能力のひとつである〝育成〟に力を入れてみようと決めたんだ。

どうせ、近所にいるのはゴブリンかコボルト。たま〜に闇烏が電線から見てるくらいだ。

G級をいくら捕獲しようと所詮G級。10匹が束になっても普通にやったらF級のオークやリザードマンには歯が立たない。階級が違うっていうのは、それほど明確な差がある。

だったら少数のモンスターだけを手持ちにし、集中的に育成したほうが良い。たくさんを手持ちにすれば、広く浅くの育成になってしまうと考えたからだ。

そもそも匣水晶も無限じゃない。生成する必要があるから、あまり使いたくなかったってのが本音ではある。

だから地道な育成を重ね、G級モンスターを強くしF級を捕獲する。できるなら2体。日常生活のため、瓦礫の撤去や樹木が邪魔で通れなくなった道をパワーで押し開くことができるオークが望ましい。

俺が住む近辺にはほとんど現れないが、稀にオークとかのF級モンスターが歩いてたりすることはある。それは夕方や夜に多い。

ゴブリンを捕獲してから、近所において、各時間帯で現れるモンスターに違いがあるのかを調べたら、F級のモンスターは夕方以降に現れる傾向にあるとわかった。

というよりモンスター自体、夜の方が活発に動きはじめる。なんでだ？　と少し考えたが、恐らく人間は夜には寝るものと知っているんだと思う。だから夜寝ていたり、疲労で弱っている人間を狙い、活発に動いているんじゃないか？　という仮説を立ててみたりしている。

ちなみに本当の理由は知らん。とりあえず夜には強めのモンスターが出るってだけだ。

本当なら夜に出歩きたくはないんだが、そんな時のための闇烏だ。闇烏は夜目が利く。2体とも戦闘用というより、偵察用に育成してある。

片方が遠方に飛び、もう片方を俺の頭上に配置。

遠方に飛んだ闇烏がモンスターを見つければ空中を2回旋回するよう言ってあり、頭上の闇烏がそれを確認次第、俺の頭上をやはり2回旋回する。

やっぱり空を飛べる鳥はこういう時に便利だ。

こうやって必要以上の戦いは避け、地道な育成努力を重ねてきたのだよ。

そ～し～て～……時は来た。

夜に行動しても、たとえF級モンスターに遭遇しても捕獲できるだけの我が軍団がッ！

タブレットをちょちょいっと操作すると、ステータスとは別の画面に変わり《スタンバイ・モンスター》という画面になる。

そこには『ゴブリン×3　コボルト×3　闇烏×2』と表示されている。

試しにゴブリンの項目をタップすると、ゴブリンの〝ステータス〟に画面が切り替わる。

・種族名　名前／ゴブリン　一太郎
・性別／♂
・階級／G＋
《身体的能力》
・Lv.30

・ＨＰ　１２９０／１２９０
・ＭＰ　０／０
・攻撃力＝96（＋15）
・守備力＝48
・俊敏性＝76（＋15）
・攻撃魔力＝０
・支援魔力＝０
・守備魔力＝62
《特殊能力（スキル）》
【攻撃力上昇・Ｌｖ.１】
【俊敏性上昇・Ｌｖ.１】
【逃げ足】Ｌｖ.ＭＡＸ
【チームアタック】
《装備》
・包丁（攻撃力＋５）
《レベルアップ必要経験値》
・１８０／２７５０

《進化》
・Lv.36到達＝ゴブリン・エリート／階級(ランク)＝G＋↓F

このステータスタブレット、便利なことに捕獲(テイム)したモンスターのステータスまで閲覧(えつらん)可能という、できることがかなり多い超便利アイテムだ。正直、人類が目醒めた能力で一番便利と断言できる。

そんな便利タブレットに映るステータスの持ち主こそ、俺が最初に捕獲(テイム)したゴブリンの一太郎だ。

この他に二ノ助(にのすけ)、サブローというゴブリンも捕獲(テイム)した。

その3匹の中でも、この一太郎が一番バランスが良く、高いステータスを誇っている。

人間にも身体能力に個人差があるように、モンスターにも個体差が存在していた。そりゃそうだ。

これがゲームなら個体厳選をしたいところだが、何十体もゴブリンの厳選なんかアホらしくてやってはいられない。

〝はじまりのまち〟を出てすぐにLv.2～4のモンスター厳選なんかしないだろう。より良いモンスターを捕獲(テイム)する下地さえ整えられればそれでいいからな。

その点から言えば、一太郎やコボルトたちは充分その働きをしてくれている。

目的は捕獲。ＨＰをそこそこ削れば、捕まえることができるんだから。

倒さなくていいのが救いだ。もし倒さないと捕獲できないなら、全員のレベルを最低でもあと10は上げて進化を視野に入れないといけない。

それぐらい、階級差は大きい。

小学生がどれだけ鍛えても、ヘビー級ボクサーには歯が立たないだろう。マジで階級が違うっていうのは、それぐらいの差がある。

育成補助の効果でステータスを底上げして、武器持たせて、数体がかりで戦って、ようやく一体に傷をつけて捕獲成功確率を上げるのがやっと。

そんなに警戒する必要あるか？　と思うだろうが、当たり前だ。

俺は一度、オークが戦う場面に出くわしたことがある。

――とんでもない筋肉馬鹿だ。

相手は同じオークだったが、大型のバイクや道路標識を武器に殴り合っていた。

身長は２ｍを超えて、体格は相撲取りより太い。腕なんか成人男性のウエストくらいある。

〝あれ〟でＦ級なんだぜ？　ダンジョンを攻略してる最前線の連中、一体どんなのと戦ってるんだと冷や汗が出る。

まぁ、焦るこたぁない。俺には俺のペースがある。

Ｆ級のモンスターを捕獲できればやれることが多くなるから、地道にやってりゃおのずと強くなる。

F級がいれば同級のモンスターを捕獲するのも楽になるし、F級モンスターが増えればここら一帯の散策なんか楽勝だ。住処をより都心部に近い所へ移すことも視野に入れられる。

超大型ダンジョン……東京タワーダンジョンへと、小さいながらも一歩近づける。

今現在判明している東京タワーダンジョン近辺に現れるモンスターの平均階級は、脅威の〝D〟。

F級捕獲に1年使ったのに、インフレ激しすぎんか？　D級とか名前しか見たことないから、マジでどんだけの化け物なのか想像もできん。

でも、やってやれないことはない。いずれ遠くない未来、とっ捕まえて俺のパーティにぶち込んでやる。

「ま、とりあえずは目先の目標。オークの捕獲だ」

今日の夜あたり、決行しよう。

「……そろそろ出るか」
部屋の電気はつけられないから、月明かりで腕時計を照らし時間を確認する。

21時……絶妙だな。このくらいからモンスターは活発に行動しはじめる。

既に闇烏のカーくん、すーちゃんの2羽を外にやり、家周辺の偵察は済ませている。ゴブリン数体がいるらしいから、先にソイツらを倒してオーク捜索に移る。

「出てこい、お前たち」

六つの匣水晶からモンスターたちを召喚。

「ギギ」

「ワフッ」

ゴブリン3体、コボルト3体が俺の前に光を纏って出現する。

ゴブリンたちは自分たちの武器に不調がないかを確かめ、コボルトたちは身体を震わせてハッハッと舌を出して息を荒らげている。

よしよし、全員やる気満々だな。

「みんなが入ってない匣水晶はタブレットにしまっておくか」

便利アイテムであるタブレット君には、物の大きさを無視した収納機能が付いている。

ただし、収納できるアイテム数には限りがあるから、絶対になくしたくない大事な物だけを収納しておく。それ以外は手持ちのリュックとかに詰め込んでいけばいいからな。

タブレットのアイテム項目をタップし、《収納》の項目を選ぶ。

俺の手持ちアイテム《匣水晶×6》を選んで、《選択アイテムをタブレットに収納しますか？　▼YES　NO》という選択が出てくるので、YESを選択。

すると、俺の手にあった匣水晶は光の粒に分解されタブレットの画面に吸い込まれていく。

この謎技術、ファンタジーって感じだよなぁ。便利だからいいけど。

「よし、一太郎。二ノ助。サブロー。ゴブリン部隊3体、良い面構えだ。ヨシコ。ゴンザレス。六郎。コボルト部隊3体、やる気満々だな。良いぞ。今宵、俺たちは〝オーク〟に挑む。新たな仲間を手に入れるんだ」

6体の仲間と目線を合わせ、力強くそう言った。

コイツらとも長い付き合いだ。全員にやる気が満ちているのが言葉を交わさなくてもわかる。

「オークというさらなる戦力を得て、もっともっと強くなるぞ。俺は石でもぶん投げて援護しながら指示を出す。基本戦闘はお前たちが頼りだ。いいか？　狙うのは脚だ。脚の健、関節をズタズタに切り裂いて、動きを取れなくしろ。コボルト隊は俊敏性を生かしてオークの注意を引け。ゴブリン隊は自慢の短剣でオークの脚を潰せ。狙う脚は片方だけでも充分だ。捕獲してしばらく匣水晶に入れておけば傷は治る」

俺の言葉に真剣に耳を傾ける6体。当然、命がかかってるのを理解しているからだ。

俺はコボルトたちに防犯用カラーボールを渡す。

「チャンスがあったら顔目がけてコレを投げろ。中の塗料で視覚と嗅覚を奪える。奪った後は離脱して、脚の攻撃に回れ」

ゴブリンたちには予備の包丁を数本ずつ渡し、とりあえず手数で攻めろと指示。

俺もいざという時のために一本持っておく。目玉になら俺の力でも突き刺せるだろう。

よし、準備は整った。遠投用に角ばった石もリュックに詰め込んだし、護身用の包丁も持った。

全員に道具を持たせたし、闇烏（ヤミカラス）からもモンスター大量発生などの知らせはない。

「よし、行くぞ野郎ども！」

「ギギギッ！」

「ウォンッ！」

夜の街を、慎重に進んでいく。

俺を中心にして、前をゴブリン3体。後ろをコボルト3体の陣形を崩（くず）さないように。

コボルトは二足歩行の人型に近いが犬のモンスターなため、その鼻は人間より遥（はる）かに利（き）く。

闇烏（ヤミカラス）の2体は前方を警戒（けいかい）しているから、後ろはコボルトの鼻を頼りにしている。

野生のモンスターは血生臭（ちなまぐさ）いので、犬の鼻なら簡単に察知（さっち）できる。

現に、危なげなく俺たちは夜の街を散策（さんさく）できていた。

外に出て30分が経過して、戦闘は3回。いずれも複数のゴブリンだったが一太郎たちは同級のモンスター程度ではもう手間（てま）取らない。

3体は瞬時に包丁を構え、ゴブリンの喉（のど）を刺突（しとつ）。そのまま横なぎに包丁を動かし、首を刎（は）ね飛ばしていた。

見事な瞬殺。捕獲(テイム)したての頃は苦労したもんだが、こうやって目に見えて強くなると育てた側からすると嬉(うれ)しいなぁ……。

しかし、強くなってきたからこそ、レベルの上がり方が遅くなってきた。

より高いレベルにするには、そろそろ、F級モンスターを狩(か)る必要がある。だからこそF級を仲間にする。

銃を相手にするなら、こっちも銃を持てば楽でしょって考えだ。

ただその銃相手に、最初だけは包丁で挑まなくちゃならんのがネックなんだけどね。

「——おっ！　きた！」

頭上を飛んでいた闇烏(ヤミカラス)のすーちゃんが4回旋回した。これは〝オークがいる〟という合図。

先に飛んでいるカーくんまで、あまり距離はない。意外と近くにいるな。

「みんな、家の敷地に入れ。家の塀(へい)の内側から近づこう」

みんな俺の指示に頷(うなず)き、いそいそと家の敷地内へ。

数軒の塀を越えながら進むと、空を飛ぶカーくんがすぐそこにいた。

もう、だいぶ近いぞ。

コボルトのヨシコに「オークの匂(にお)いは近いか？」と聞くと静かに頷く。続いて「数は？」と聞くと指を一本だけ立てる。

「周りに他のモンスターの匂いは?」

3体とも首を横に振る。

「当たりだ……! 神様仏様、どうか無事に事が終わりますように! まずは俺がどうなってるか見るから、合図を出し次第、突っ込んでくれ」

「ギッ」

「ワフッ」

まず先に、塀に空いた隙間から状況を確認。

俺たちから数m先。止まれの道路標識を肩に担いだ猪頭で毛むくじゃらの巨体が、道路に腰を下ろして休んでいた。

生意気にも毛布を雑に破き服にして着てやがる。そんなに毛深いんだから寒くないだろう……。

だがそんなことはどうでもいい。またとない大好機ッ。無防備もいいところだ!

「行け行け行け! コボルト隊は頭を狙いカラーボールを投げろ! 今がチャンスだぁ!」

「ギギギギィイッツ!」

「アォォオンッツ!」

全員で塀を勢いよく越えて、オークに向かって駆け出していく。

突然の強襲に反応できないオークは、立ち上がれずに呆然と俺たちを見ていた。

それを見逃すコボルト隊ではない。一斉にカラーボールを投擲。

見事3球全て顔面を直撃した。

「ブルォオアアアッ！」

これは堪らないと目を擦り、少しでも塗料を落とそうとする。その手から、思わず道路標識――武器を手放した。

「ッ！　隙ありィ！」

掌より少し溢れるサイズの石、もはや岩石といえるものを俺は全力で投擲。

最高球速１５４㎞／h（バッティングセンター調べ）を誇る強肩が唸る！　誰が呼んだか、学生時代のあだ名は根暗超人！　身体能力の高さには自信があんだよぉ！

卓越したコントロールでオークの顔面を捉える岩石！　鈍い音が響くが、恐らくあれでもダメージはないのだろう。きっと衝撃があるだけで、小石が当たったくらいにしか思ってないはず。

「ただ、ヘイトがこっちに向けばしめたもんだ！」

「ブフ、ブグル、グルルルッッ……！」

ワナワナとその身を震わせて、塗料混じりの血走ったその目でこちらを睨むオーク。

ヒィ～ッ！　おっかねぇ～ッ！　だけど、俺だけ見てると痛い目にあうぞ！

「ギギィ！」

「ブルァッ!?」

俺に気を取られ足元の警戒を怠ったオークの膝に、ゴブリン隊が深々と包丁を突き刺す。右膝に2本、左膝に1本。包丁の半分以上が埋まっている。

それでもなお、オークは膝をつかなかった。

「マジか……？　ええい、止まるな！　刺せ、刺せぇ！　滅多刺しにしろぉ！」

「ブルァアアアッ！」

危険を感じたのか、オークは一切周りを見ずに両腕を適当に振り回した。

ヴォンヴォンという野太い風切り音が、数m離れている俺の耳にまで届いてくる。

ど、どんな力で振り回してんだよ！　あんなのに当たったらいくらHPがMAXでも一発で瀕死域だ！

「くそ、舐めんな豚頭！　お前は！　俺の！　仲間になんだよォ！」

高速で振り回してはいるが、結局は2本の腕。絶対に腕がない空間が存在する。

俺はその空間を狙い、岩石を投げつける。投げて投げて投げまくる。

何発も岩石を当てられ、思わず腕で顔を隠したオークは6体のモンスターに大きな隙を晒す。

「フグォ……ッ！」

オークは俺に意識を向ければ、コボルト隊が顔に包丁を迫らせる。それを避ければ、ゴブリンたちが執拗に脚を滅多刺しする。

一太郎や二ノ助が腹部への攻撃を何度か試しているが、分厚い脂肪と筋肉、剛毛が鎧となり傷という傷はできていない。

やっぱり今の攻撃力では筋肉の薄い関節部分や腱しか狙えるところはないか。

「ッッ！　全員退避ッ！　オークから離れろ！」

「ギギ！」

「ワン！」

俺の指示に即反応した6体はすぐさまオークから離れ、俺のもとに集まる。

「グルァァァァァアアアアア！」

6体が自分の周りから消えた刹那、オークは両掌を合わせ指を絡めると、そのまま地面に振り下ろした。

ボガァア……ンッッ！

強烈な破砕音と共に、飛び散った石礫が俺たちを襲う！

腕でガードをしながらオークに目を向ければ、その足元に子供一人は埋められるであろう大穴ができて土煙を立てていた。

「……マジぃ？」

オークは膝に突き刺さる包丁をモノともせず大股で歩き……自分の武器である、道路標識を手に取った。

その目に怯(ひる)んだ様子はない。血走った目で、恐ろしいまでの殺意だけが感じられる。

「……気を引き締めろ！　死なないように、ヒットアンドアウェイだ！　斬(き)ったら引け！　カーくん、すーちゃん！　周囲の警戒を継続！　俺は……生きる！」

俺たちの戦いは、これからだッッ！

「はぁ……はぁ……お前ら、大丈夫か？」

「ギィ……！」

「ワフン……！」

どれほど、戦っただろうか。

辺(あた)りを見れば、民家の塀(へい)は壊され、随分(ずいぶん)と見渡しの良い光景になっていた。コンクリートの地面は深々と抉(えぐ)れた箇所があちこちに見られる。

ダンプカーが転倒事故でも起こしたと思われるくらいの惨状(さんじょう)だろう。

この光景を、その身体(からだ)一つで作った張本人であるオークは……。

「ブフゥ……ブフゥ……！」

片膝(ひざ)をつき、疲労の色を濃くしていた。

「長いんだよ豚野郎ッ」

こっちの6体も疲労困憊。全員が肩で息をしていて、それは俺も同じだった。

だが、それも終わり。ここまで疲労させれば、充分だろう。

ポケットから新品の匣水晶を取り出す。大きく、ゆっくりと、振りかぶる。

「さぁ～、ようこそ。智のパーティへ！　いらっしゃ～い！」

振りかぶった腕を、勢いよく振り下ろす。

最高球速154km/h（隙自語）の剛腕から投げられた匣水晶は過たずオークに命中。

「ブルアッッ」

匣水晶から放たれる光がオークの身体を覆い尽くし、匣水晶の中へとその巨体を吸収する。

オークを吸収して匣水晶は僅かに揺れ動くが、数秒するとその動きも止まった。

捕獲、成功だぁッ！

「よっしゃあ！　ミッションクリア、俺たちの勝ちだぁ！」

「ギギギィ！」

「アオン、アオォオオオン！」

6体全員と手を繋ぎ、輪になって喜びを共有する。

マジで長かったぁ！　タフ過ぎるだろあの猪頭！　時計を見れば、22時を過ぎて長針が10を指そうとしていた。

オークを見つけたのが21時30分頃だったから、40分ほど戦っていたことになる。

「激戦過ぎるだろ……」

ハァ、と大きく息を吐くと充足感が胸に溢れる。気分の良い疲労を噛み締め、オークを捕獲(テイム)した匣水晶(カプセル)を回収に行こうとしたら闇烏(ヤミカラス)のカーくんとすーちゃんがそれを回収して持ってきてくれた。

「おお、ありがとうカーくん、すーちゃん……ん？　これは、血？」

よく見るとカーくんとすーちゃんの足とクチバシに血が付着している。

確認してみれば、カーくんたちの経験値が戦闘前より増えていた。

「40分間戦ってて、そりゃあ他のモンスターが寄ってこないわけないわな。ありがとうな。お前たちが警戒してくれてたおかげで、オークに集中できたよ。おかげで、これからはもっとレべ上げが捗るぞぉ」

肩に乗る二羽の背を撫でると「ガァー」としゃがれた声で甘えてくる。

ハッハッハ、愛い奴め。

「さぁ～目的は達成した、急いで帰るぞ！　モンスターが活発な夜だってことには変わりないからな！」

「ギィ～」

「アォン」

え～……という雰囲気を醸し出す一太郎たちの背を押して、俺たちは無事帰路につく。

さぁ～……これでやれることが増える、増えるぞぉ！

――オーク捕獲から1週間が過ぎ、俺たちは……再びオークと相対していた。

「ゴブリン隊！　コボルト隊！　離れろ！　ブチかませ、ボタンちゃん！」

「ブルァアアッ！」

猪頭のモンスター、オークの注意を引いていた一太郎たちは即座に離脱し、彼らに代わってその巨体をオークに叩きつけたボタンちゃん――あの夜に捕獲したオーク（♀）――は、体当たりで吹き飛ぶオークへ、手に持った道路標識を使い追撃を行う。

軽々と振り下ろされる標識はオークの肩に深々と突き刺さった。

「プギィイイアアアッ！ッ！」

奇声にも聞こえる悲鳴をあげるオーク。

動けないと見た俺はすぐさま指示を送る。

「猪助！　トドメだ！　キツイの食らわせろ！」

「ブルゥッ！」

俺の後ろに控えていた〝もう一体のオーク〟が勢いよく飛び出し、その太い上腕を飛び出した勢いのまま首に打ちつけ、振り抜いた。

首を刈り取らんばかりの攻撃。あれが自分の首にぶつけられたらと思うと股間がヒュンとなるな。

強烈なラリアットをお見舞いされたオークの巨体は、攻撃を食らった首を起点にグルリと一回転し、なんの抵抗もなくそのまま地面へ……と思ったら、ボタンちゃんがまだまだ！　と言わんばかりに、道路標識で宙を舞うオークを強引に地面へと叩きつける。

地面に身体が半分埋没するほどの力。流石はオーク。ゴブリンやコボルトではできない豪快で気持ちの良い戦い方だ。

ボタンによりトドメを刺されたオークは身体の端から光の粒に分解し、戦いに参加していた一太郎たちやヨシコたちに向かって飛んでいき、彼らの身体の中に溶けるように消えていった。

この光の粒こそ、〝経験値〟。戦いに参加すれば均等に分配される。

俺は【モンスターマスター】のデメリットがあって少ないのがわかっているから、そそくさとオークを倒した場所に駆け寄ると、

「……オークの魔獣結晶（微小）だけか。しょっぱかったな」

オークが消えた跡には、灰色のビー玉のような石が落ちていた。

基本、モンスターを倒せばこの魔獣結晶が手に入る。運が良ければモンスター固有素材とか

が手に入ったりするけど、あんまり落ちたことはない。

　この魔獣結晶だが、実に多様な使い道がある。

　モンスターの力が結晶化したものらしく、数を集めれば武器の生成に使えるらしい。

　あとは他の人と物品を交換する時とかに、この魔獣結晶を出したりする。今では使われない紙幣（しへい）の代わりみたいな使い方だ。

　一番の用途は、この魔獣結晶を複数個消費して食料や便利品に変換することだろう。タブレットを使えば魔獣結晶と引き換えに生肉や生魚、種類はあまりないが野菜が手に入る。あとは魔獣結晶の個数やレア度によって、アイテムとも交換ができるが、ほとんどのアイテムは結晶を使わなくても手に入るからほぼ使ってない。

　俺の場合はさらに重要な使い道があるからな。無駄にできないんだ。匣水晶（カプセル）の生成にも使うし。

　あとは——特殊能力（スキル）を捕獲（テイム）モンスターに覚えさせる時とかにも使用する。

【モンスターマスター】という能力は破格の力を有していると常々（つねづね）思っているが、流石にこの特殊能力（スキル）習得は群を抜いてヤバイと思う。

　本来、モンスターが覚える特殊能力（スキル）は限られている。こればっかりは個体差がない。3体のゴブリンを引き連れているが、全員覚えるスキルは一緒だった。

　なのに、俺の特殊能力（スキル）があればその固定観念を打ち破ることができる。

これを強力と言わず何を強力と言うのか……とは言ったものの、もちろん簡単に「はい特殊能力覚えてね」とはいかない。

お馴染みのタブレットを操作し《特殊能力交換習得》の項目を画面に映し出す。

ここから魔獣結晶を使い、特殊能力を交換してモンスターに習得させるんだが……。

《身体能力上昇系能力》

・【攻撃力上昇・Lv.1】＝要求結晶／〇〇の魔獣結晶（小）×7

・【防御力上昇・Lv.1】＝要求結晶／〇〇の魔獣結晶（小）×7

・【生命力上昇・Lv.1】＝要求結晶／〇〇の魔獣結晶（小）×10

・――

・――

《魔法系能力》

・【初級魔法・炎】＝要求結晶／〇〇の魔獣結晶（小）×12

・【初級魔法・水】＝要求結晶／〇〇の魔獣結晶（小）×12

・【初級魔法・土】＝要求結晶／〇〇の魔獣結晶（小）×12

・――

・――

……と、なかなかに結晶を消費する。が、その割に、メチャクチャ効果が期待できるかというと微妙だ。

普通の匣水晶（カプセル）を作るのにも10個使うし、日常生活にも使う。あまりこっちに魔獣結晶を使えていないのが現状だ。

あともう一つ、今は特殊能力（スキル）交換をしない理由としては、【モンスターマスター】の特殊能力（スキル）レベルが低いせいで、より高位の特殊能力（スキル）を交換できないってのもある。

貧乏（びんぼう）性な俺は「もう少し強い能力が出てからそっちに結晶を使いたい」と思ってしまう。

RPGでも「いや、この街で武器を買うよりも次の街まで我慢（がまん）して武器を買った方が得じゃないか？」と考えて武器購入を渋るタイプだ。

だから今は温存。この特殊能力（スキル）交換が存分（ぞんぶん）に力を発揮（はっき）する時が待ち遠しいな。

「あっ。そうだそうだ。ご苦労さん、ボタンちゃん。猪助」

「プギィ〜」

2匹とも、なんてことはないと言いたげに力こぶを作り俺に見せつけてくる。

う〜ん、なんて太い腕だ。その腕でラリアットしたのか？　あのオーク、よく首が千切（ちぎ）れ飛ばなかったな。いや、マジで。

心なしか自慢げな表情を浮かべているのは、あの夜に捕獲（テイム）した、ボタンちゃん。驚くことにメスだった。あんなに雄々（おお）しい戦い方をしていたのに。

そして、このボタンちゃんが加わったことで捕獲（テイム）が初回より楽になり、捕獲（テイム）できた2匹目のオーク、猪助。

この2匹が加わったことにより、安定してF級モンスターも倒せるようになった。

流石はオーク。力こそ全(すべ)てって感じの脳筋(のうきん)っぷり。実に頼りになる。

ちなみに、F級モンスターであるオークのボタンちゃんのステータスはこんな感じ。

・種族名　名前／オーク　ボタン
・性別／♀
・階級(ランク)／F
《身体的能力》
・Lv.37
・HP　2810／2870
・MP　0／0
・攻撃力＝297（＋37）
・守備力＝197（＋10）
・俊敏性＝72
・攻撃魔力＝0
・支援魔力＝0

・守備魔力＝125
《特殊能力(スキル)》
・【攻撃力上昇・Lv.1】
・【防御力上昇・Lv.1】
・【武器格闘術】Lv.4
・【攻撃力UP・Lv.2】（Lv.45で取得）
《装備》
・道路標識（攻撃力＋15）
《レベルアップ必要経験値》
・470／3520
《進化》
・Lv.46到達＝ハイ・オーク／階級(ランク)E

流石と言うべきか、素(す)のステータスが高い高い。そりゃあ、そこら辺のG級モンスターじゃ歯が立たないわけだよ。

俺が低レベルの頃から育成してるモンスターが束になってようやく捕獲(テイム)できる程度に傷つけることができたんだから。

2匹のオークを捕獲してから1週間。その1週間で僅か3レベしか上がっていない。

つまり、俺の能力のステータス上昇補正をほとんど受けていないのにこの数値だ。

育て甲斐があるぜ～全くよう。

「よ～し、みんな家に帰るぞー。陣形を整えろ～。俺を守ってくれ～」

最近、帰路も安心して家に帰れるようになってきたな～と思いつつ家の中でくつろぐ。

流石にこのオンボロ部屋にオーク2体、ゴブリン3体、コボルト3体、闇烏2体は入らないので、みんなには匣水晶の中に入ってもらっている。

一度、匣水晶の中は窮屈じゃないのか？　と聞いたことがあるが「全然」といった感じで頭を振り、自分から匣水晶の中に戻っていったから、それからは気にせず匣水晶へ直行だ。

「ん～ふふ」

そんな匣水晶を手に持ち、俺は思わず笑みが溢れてしまう。

ついに。ついにッ。ついにッッ――ゴブリン隊とコボルト隊の進化が見えてきたからだ。

一太郎たちゴブリン隊、ヨシコたちコボルト隊は全員Ｌｖ.35。

ゴブリンもコボルトも、次の進化先への必要レベルは36。あと一つレベルが上がれば……はは、苦節1年以上。みんな、進化か。感慨深いな。

ゴブリンは、ゴブリン・エリートに。

コボルトは、コボルト・ウォーリアーに。

オークの2体が加入したおかげでレベリング効率が段違いによくなったからな。

より戦力が盤石になる。G級の6体が、全員F級になるんだぞ？　もう堪らん。これぞ育成って感じよな。

「……本格的に、引っ越しを検討するか」

いつまでもここに居たって、何も変わらないし。

そもそも、今はここで安全に暮らせてはいるがこれが永遠に続くかと言われればわからない。

ダンジョンの侵食は続いていて、少し見ない間に樹木に埋もれ、景色が別物になっているという場所はいくつもある。

ここも、いずれは呑み込まれてしまう可能性は低くない。

なら今のうちに住処を変え、よりレベリングが捗り、手持ちのレパートリーを増やせるような場所に移動すべきだろう。

「しかしなぁ、引っ越しつつってもどこに引っ越すか」

俺が今住んでいるのは練馬区と板橋区との境に位置する所だ。池袋までそれほど距離があるわけじゃあない。じゃあ池袋に引っ越しちゃう？　と思ってしまうが、都心部のダンジョンは東京タワーダンジョンだけというわけじゃない。中型や小型のダンジョン自体はそこらに点々と存在している。

池袋には大型のダンジョンがあり、東京タワーダンジョンほどではないが難度は高い。

ダンジョン攻略に日々勤しんでいる攻略者の会話を盗み聞きしていた時、一度だけ池袋まで行ったという人の話を聞いたことがある。

ここら一帯とは比べ物にならないくらいモンスターが闊歩している。

最低でもF級が数体、群れで。D－級も数少ないがダンジョン内ではなく街中で見かけた、と。

う～ん、無理ぽ。魔都・池袋。到底、今の俺が行っていいレベルの場所じゃない。

そもそも、今までダンジョンなんて一度も挑戦したことないからな。

幸いと言うべきが、俺が住む一帯にはダンジョンが存在しない。厳密に言うとありはしたが、小型だったらしく特殊能力に目醒めた人たちが攻略したらしい。

攻略されたダンジョンはその数日後に〝経験値〟に変わり跡形もなく消滅するらしく、そのダンジョンから出てきていたモンスターが出現しなくなったので、俺が住むここら辺はずいぶんと平和になった。

今でもこっちに現れるモンスターは隣の板橋区にある中型のダンジョンから出てきた奴らで、こっちまで流れ込んできている状態らしい。

「……ダンジョン、ねぇ。いずれは挑戦したいし……板橋の方に引っ越すか？」

そんなに遠くはない。道が樹木に侵食されているといっても、一日くらいでダンジョンの近辺には着くだろう。

行くのは可能だろうけど、ダンジョン近辺に住処にできそうな場所があるかどうかが懸念点だ。

この家クラスは望めないにしても、安心して眠れる場所は欲しいところ。

「ん～、こればっかりは行ってみなきゃわからないか。とりあえず情報を集めつつ、みんなの進化が先だな」

当面の目標も決めたことだし、さっさと寝て明日に備えるか。

「〝行きたい場所〟もあるしな」

◇◆◇◆◇◆◇◆

今日も今日とて励むぞレベル上げ！　といういつもの日課ではなく、晴天の空の下、俺とヨシコはコソコソと裏道を通り、ある場所を目指して歩いていた。

「……そろそろ着くな。ヨシコ、周りに人やモンスターはいるか？」

俺の問いに対し、顔を横に振ることで答えるヨシコ。

よしよし、じゃあもう大丈夫だな。すでに〝目的地〟は目に映ってる。ここまで来れれば安心だ。

ヨシコを匣水晶（カプセル）の中に入れて、いつでも召喚（しょうかん）できるようにポケットの中へ。

「来るのは久々だな。練馬（ねりま）集会場」

目の前には、見上げるほど高い土壁がそびえていた。

本来あそこには練馬区役所があったのだが、自然の侵食（しんしょく）に伴（ともな）い倒壊してしまったので、その跡地に土魔法の特殊能力（スキル）を使える人たちが協力して避難所、集会場として人が集まれるように、情報が集まるようにと作った場所だ。

門などは設置されていないが、入口には見張りが複数人立っている。とはいえ、モンスターの侵入を防ぐための見張りだから人間は簡単に入ることができる。

「……どうも、お疲れ様です。中、いいですか？」

「ええ、どうぞどうぞ」

「ありがとうございます」

見張りの人に軽く挨拶（あいさつ）をしてから入口をくぐるが、外と変わらない陽光が集会場内を照らしていた。

電気が使えないため、集会場には屋根がない。陽光が電気代わりだ。

そんなわけで環境は外と変わらないから、集会場の中にはイベント用の大型簡易テントがそこかしこに設置されていて、その下でダンジョン攻略の作戦を練ったり、情報交換に勤しむ人たちが多数いる。

それにキャンプ用のテントで寝泊まりしている人もいる。この集会場を守るためにここを拠点に生活をする人たちだな。

その他のテントは魔獣結晶をアイテムと交換してくれる屋台や、食材を渡すと料理してくれる飯屋さんとかだ。

幼い子供を預かる保育所の役割も担っており、早期にこの場所を安全地帯として確保した先人たちの功績は計り知れない。

「俺が用あるの、わ～……うひぃ、人多いな」

俺が交換所や飯屋に目もくれず向かっていったのは〝掲示板〟。練馬区だけじゃなく、近辺区域の情報やダンジョンの情報が貼り付けられている。

〝練馬〟集会場というだけあり、ここの他にも集会場は存在していて、集会場同士で情報を送り合っているらしく、板橋区の情報も手に入れられるありがたい場所だ。

唯一ダメな点は、人が多い所。図々しい奴が一つの掲示板の前に陣取って他の人が見れないとか結構ある。

「今日は大丈夫そうだな」

立ち並ぶ掲示板の中から、『板橋区・情報』と書かれたのを見つけ、そこに掲げられた情報に目を通していく。

『侵食が進み、池袋駅周辺にもＥ－級モンスターの目撃情報アリ。危険性が高いため、Ｌｖ.45以下の者は近づかないこと』

『ときわ台に出現していた小型ダンジョン３つをクリア。この地域はモンスター遭遇度が下がりました』

『上板橋ダンジョン、依然としてクリア者現れず。平均出現モンスター階級は〝Ｆ〟周辺地域の危険度は高いため、Ｌｖ.35以下の者は近づかないこと。』

ん～、あんまり目ぼしい情報はないな。上板橋ダンジョン、これが俺の言う中級ダンジョンであり、クリア者は出ていないっていうのは知ってる。

新たに得た情報は、池袋駅周辺にもＥ－級が出現したってやつくらいか。

この〝－〟っていう表記、俺の捕獲モンスターであるゴブリン隊にも同じような〝＋〟の表記がしてあるが、これはその階級にしては優れている場合に＋。階級的にイマイチだったら－とされる。

とは言っても、Ｅ級というのには変わりない。間違いなくＦ級よりは強い。

侵食が進めば、より広範囲でその階級のモンスターが出現しはじめる。

これ以上侵食が広がると今なら行ける場所も、一週間後にはいけなくなっている可能性も十二分にあるな。

やっぱり、早めに上板橋ダンジョンの近辺に引っ越すか。

みんなの経験値の貯まり具合からして、モンスターが活発になる夜までレベリングすれば明日の夕方にはLv.36には到達するだろう。

最短で明後日には上板橋へ向かえるかもしれない。

そうと決まれば、今日のレベ上げは気合い入れねぇとなぁ。

「今日の夜は、遅くなりそうだぜぇ～ヨシコ～」

俺の呼びかけに反応するように、匣水晶が僅かに揺れた。

——上板橋ダンジョンの近くに、ダンジョンの侵食により生まれた巨大樹がある。

それは上板橋ダンジョンを目指す目標であり、一種のシンボルとされていた。

樹高190m、枝葉は傘をさすように左右に広がり、端から端の幅は1㎞を超える。

街の一部を取り込みながら成長した巨大樹の幹には、数多くの建物が顔を覗かせており、その中でも一際異彩を放っているのは1棟の〝マンション〟だろう。

マンションすら呑み込む強大な幹は、皮肉にも生命の雄大さすら感じるほどに巨大。

上板橋ダンジョンが出現すると共に発生した巨大樹は、誕生して1年が経過する。

その1年間のうち、何百人ものダンジョン攻略者がこの巨大樹を訪れた。

そして誰も気づかなかった。この巨大樹に呑み込まれたマンションの一室に、一人の生存者がいることに。

4階建てのマンション、その1階の一部屋。〝彼女〟は、ただ一人外に出ることができないまま日常を過ごしている。

玄関は巨大樹に埋もれているため、開けられず。

ベランダから外を見れば、眼下に広がる街の景色。そこらのビルを上から覗くことができた。

つまり、あまりにも高かったのだ。

樹高190mの半ば(なか)に埋もれるマンションは、地上から70m程離れている。人間が飛び降りて生きていられる高さではない。

有り体(ありてい)に言えば、詰(つ)んでいた。

玄関からの脱出は不可能。外からの救出も不可能。

モンスターすら寄ってこないその場所では食料も、水も尽きるだろう。

だが、彼女は生きている。1年間、誰とも接することもなく、平穏(へいおん)無事に。

彼女の持つ強力な特殊能力(スキル)により、彼女は誰の手も借りず生きていけてしまった。

ゆえに彼女は〝引き籠(こ)もる〟。

助けを呼ぶ声を〝出せない〟から。

〝人に呼びかける〟ために声を出すと思うだけで、彼女の口からは「ひゅー…ひゅー…」という掠れた呼吸音が漏れ出る。

他人と言葉を交わそうとすれば、たちまち頭の中に浮かぶ言葉の順序がゴチャゴチャと入れ替わり、ついには真っ白に。

だから彼女は諦めた。両親とも、1年間連絡が取れていない。きっと〝そういう〟ことなんだ、と。じゃあもう、誰とも関わりたくない。

ここなら、誰も来れない。食べ物も特殊能力があればきっとどうにかなる。

あとは……死ぬのを待つだけ。

「——目を閉じたら、そのまま目覚めなければいいのに」

集会場を後にした俺たちは、そのまま流れるようにレベ上げ作業へと移行した。

太陽が頂点で輝いていた時間から始め、気づけば辺りは暗く冷え込み、夜の帳が下りていた。

数時間にも及ぶレベ上げも終わり、みんなから「流石にやりすぎだろ」という痛い視線を背に受けながら無事に我が家へ到着。

ようやく落ち着けると腰を下ろした俺の目の前には、歴戦の戦友であるゴブリンの一太郎、二ノ助、サブロー。

コボルトのヨシコ、ゴンザレス、六郎の6体が並んでいる。

そして嬉しい誤算だが、闇烏のカーくんが追加でそこに並ぶ。

そう……みんなのレベルが、進化の条件を満たしたのだ！

カーくんは偵察用に捕獲したから、あまり戦闘に参加はさせてなかったんだけどな。気づかぬうちにLv.32にまで上がっていて〝宵闇烏〟への進化が可能になっていた。

オークの2体も加え、みんなで円陣を組み喜んださ。進化なんて、男の子ならみんな好きな単語だろう。

男でゲーム好きなら8割方は好きなはずだ。

進化の瞬間はいつも興奮と達成感が融合し、胸が高鳴るよな。

その興奮の中、俺は【モンスターマスター】の力を使いみんなを進化させようとして、その手を止めた。

一瞬、脳裏によぎったのだ。

この進化……どっちの進化だ？　と。

進化には種類があると思っている。今まで俺が考えていた進化は〝レベル〟はそのままに、ステータスがパワーアップし、容姿が変わる進化。

もうひとつ、世には進化すればＬｖ．１になり、ステータスも少しだけ下降するタイプの進化が存在する。そっちの進化への考慮が頭からすっぽり抜けていた。

いや、育成を考慮するならむしろこっちの方が良くはある。Ｌｖ．１に戻ればそれだけレベルアップは速まるしステータス補正も入る。

しかし今の俺はできるなら早く上板橋ダンジョンへ向かいたい。

ここで全員進化させてステータスを下降させたら、道中で事故る確率が多少なりとも上がってしまう。

「う～む、予期せぬ一撃。全く頭になかったな……しょうがない。ヨシコ、ゴンザレス、六郎。進化は少しだけ待ってくれ、ゴブリン隊とカーくんで進化がどうなるか試してみよう」

みんなが頷く(うなずく)のを見てから、「よし」と内心で呟き(つぶやき)タブレットを操作する。

【モンスターマスター】の能力、《進化》を使用。

《ゴブリン／一太郎をゴブリン・エリートに進化しますか？》

《ゴブリン／二ノ助をゴブリン・エリートに進化しますか？》

《ゴブリン／サブローをゴブリン・エリートに進化しますか？》

《闇烏(ヤミカラス)／カーくんを宵闇烏へ進化しますか？》

立て続けに確認コマンドが出てきたので、全て(すべて)にＹＥＳと答える。

「お、おお……!?」

進化を選択した途端に、みんなの身体を〝赤い〟光が包み込んでいた。

段々と濃くなる光はやがて、みんなの身体を完全に覆い隠してしまう。

時間が経つごとに強くなる光は……その形を変えた。

小学生程度の小柄な体格だったゴブリンの姿が、みるみると成長していく。

本物のカラス程度の大きさだった一本足の闇烏は一回りは身体が大きくなっていた。

やがて、光は次第に光量を落として消え……その後に残ったのは、見違えるほどに姿が変わった一太郎、二ノ助、サブロー、カーくんだった。

「ま、マジかぁ……」

一太郎たちは１２０～１３０cm程度の身長が１６０cmほどに変わり、体格もそれに見合いガッシリとしている。

ゴブリン然とした、悪く言えば小汚い顔をしていたのに、みんな進化したことで人間の顔に近づいている。

ゴブリンらしく牙がチラリと見えてはいるが、緑色の肌を除けばほぼ人間だろう。

カーくんは見た目自体はそんなに変化はないが、もう普通のカラスには見えない。

動物園で見たことのある大鷲くらいのデカさだ。翼を広げればまさにソレ。気持ち、眼光も鋭くなっている気もする。

み、みんな別人なんだが？　いやはや、まさしく文字通り〝進化〟だ、これはッ。

興奮を飛び越えて困惑(こんわく)のレベルだよ……。

「……はっ！　いかんいかん、あまりの変わりっぷりに放心してしまっていた。ステータス、みんなのステータスは？」

タブレットを《進化》から《ステータス》の項目に変えて、進化したステータスを――

・種族名　名前／ゴブリン・エリート　一太郎
・性別／♂
・階級(ランク)／F
《身体的能力》
・Lv.36
・HP　1580／1580（進化時＋280）
・MP　0／0
・攻撃力＝152（＋25）（進化時＋30）
・守備力＝79（進化時＋19）
・俊敏性＝124（＋20）（進化時＋20）
・攻撃魔力＝0
・支援魔力＝0

・守備魔力＝86（進化時＋16）
《特殊能力（スキル）》
・【攻撃力上昇・Lv.2】↑UP！
・【俊敏性上昇・Lv.2】↑UP！
・【逃げ足】Lv.MAX
・【チームアタック】
・【短剣術・初級】Lv.1 NEW！
・【防御力上昇・Lv.2】（Lv.40に到達で取得）
《装備》
・包丁（攻撃力＋5）
《レベルアップ必要経験値》
・0/3890
《進化》
・Lv.48到達＝ジェネラル・ゴブリン／階級（ランク）F↓E
・Lv.55到達／攻撃力450以上／守備力300以上＝オーガ／階級（ランク）F↓E＋
・種族名　名前／宵闇烏　カーくん

・性別／♂
・階級（ランク）／F
《身体的能力》
・Lv.32
・HP　1140／1180（進化時＋150）
・MP　128／128（進化時＋30）
・攻撃力＝65（進化時＋10）
・守備力＝55（進化時＋20）
・俊敏性＝170（＋20）（進化時＋30）
・攻撃魔力＝97（進化時＋20）
・支援魔力＝0
・守備魔力＝95（進化時＋20）
《特殊能力（スキル）》
・【俊敏性上昇・Lv.2】↑UP！
・【擬態（ぎたい）・夜】
・【初級魔法・風】Lv.1 NEW！
・【夜の眼】（Lv.38に到達で取得）

・【俊敏性上昇・Lv.3】（Lv.48に到達で取得）
《装備》
・なし
《レベルアップ必要経験値》
・0／2920
《進化》
・Lv.44到達＝黒鳥ダリス／階級F↓E
・Lv.52到達／俊敏性500以上／攻撃魔力350以上＝麗鳥ラフーラ／階級F↓E＋

「……んんッ!?」

あ！　レベルリセットなしの、進化したらステータス上がるタイプの進化だ。ラッキーと思ったのも束の間。

進化先が分岐してるッ！　しかも片方は＋付きじゃねーか！

ぐ、しかし……条件がなかなかに高いッ。本当ならE＋の進化をしたいところだが。

数値的に、特殊能力を取得させてステータスアップの補助をする必要がある。普通のレベルアップだけじゃあ辿り着けないだろう。

全員をE＋級にはできない。時間をかければできるが、パーティ強化は早くできるに越したことはない。惜しいが、数体は通常のE級に進化させて、残りの数体を進化させずにE＋級にしよう。

進化先が選べるようになった興奮。たまらねぇな、おい。決まった進化先しかないわけじゃないのか。

てかこの分岐進化のせいで忘れかけていたけど、進化することでレベルリセットされないのも助かる。

全てのステータスが素直に上昇してくれている。

特殊能力も一段階強くなり、新たな特殊能力すら覚えて……めちゃくちゃ強くなるじゃん。

カーくんとか魔法覚えてやがる。その素早さで空から魔法撃ち込むんですか？　強くてワロ……ん？　てことは宵闇烏が敵として襲ってきたら、この素早さで空から魔法撃ち込んでくるの？

「対空必須じゃん……」

これは早いところすーちゃんも宵闇烏に進化させなくては。

この辺の空を飛ぶモンスターのレベルの低さにかまけて、空中戦はカーくんとすーちゃんだけに任せっきりだったからな。

これからはもっと真面目に対空作戦を練らないと。

とりあえず、進化を行っても何の問題もないことはわかった。

続いて、コボルト隊の3体も進化を行う。

同様の赤い光に包まれ、身体の形が変わっていく。

無事に進化を終え、コボルトはコボルト・ウォーリアーになった。

ゴブリンと同様、小柄だった身体は見る影もない。

小型犬が大型犬になっちまった。

コボルトの時は二足歩行になった犬のような印象があったが、ウォーリアーになったら犬の頭が付いた人間という印象に変わる。

１７０cmはないだろうが、それに近い大きさはあるだろう。ゴブリンもコボルトも、一回の進化でこんなに変わるもんかい？

10年ぶりに会った甥くらい変わってるんだが。

すっかり変わった身体をゴブリン隊とコボルト隊が茶化し合っていた。

カーくんはすーちゃんに自慢するように羽を広げている。

呑気なやっちゃなコイツら。

雰囲気は良さげなので放っておくことにして、進化したコボルトのステータスをタブレットに映し出す。

・種族名　名前／コボルト・ウォーリアー　ヨシコ

・性別／♀
・階級（ランク）／F
《身体的能力》
・Lv.36
・HP　1500／1500（進化時＋250）
・MP　0／0
・攻撃力＝135（進化時＋40）
・守備力＝75（進化時＋20）
・俊敏性＝155（＋20）（進化時＋30）
・攻撃魔力＝0
・支援魔力＝0
・守備魔力＝89（進化時＋20）
《特殊能力（スキル）》
・【俊敏性上昇・Lv.2】NEW！
・【剛力顎（あご）】NEW！
・【鋭い鉤爪（かぎづめ）】NEW！
・（Lv.38に到達で取得）

・【俊敏性上昇・Lv.3】（Lv.48に到達で取得）
《装備》
・なし
《レベルアップ必要経験値》
・0／3800
《進化》
・Lv.48到達＝ワーウルフ／階級(ランク)F→E
・Lv.55到達／俊敏性500以上／攻撃力500以上＝灰狼(グレイ・ウルフ)／階級(ランク)F→E＋

ほうほう、かなりバランスの良いステータスだ。ゴブリンと似たようなステータスだが、犬の獣人(じゆうじん)系だけあって俊敏性がよく伸びる。

コボルトも進化させたから、これで三種類のモンスターを進化させたことになる。

三種の進化から学べたのは、基本的に進化の際にステータスは10～30ほどアップすること。あとは軒並(のきな)み特殊能力(スキル)の格が上がり、新しい特殊能力(スキル)も覚えると。

これは進化させれば必ず起こる結果だろうな。レベルアップじゃないのにステータスが上がるのは嬉しい。

「……特殊能力(スキル)を進化前に取得させれば、その特殊能力(スキル)もランクアップしてたか？」

能力レベルをＭＡＸにするのは当然だろうけど、充分あり得るよな。

くぁ～、勿体ない精神で渋ったのが裏目に出た。一個くらい特殊能力取得させとけば良かったか！

「次は絶対取得させとこッ」

心のメモにそう書き記しておく。どうせ次からはＥ＋級の進化を目標に特殊能力を取得させなきゃいけないしな。

でもせっかくの進化なのに、試さなかったの勿体ねぇ～と愚痴りながら、進化した全員のステータスに目を通しているとコボルト・ウォーリアーの【剛力顎】と【鋭い鉤爪】に少し吹き出す。

「人間ぽくなった今になって覚えるのかよ、その特殊能力。むしろコボルトの時だろソレ」

コボルトの時の方が犬感強かったのに。

確かに、コボルトの時よりも長く、鋭く、大きくなった爪。身体が大きくなったことでそれに伴い成長した犬歯。あれを強い顎の力で相手に食い込ませれば相当な深傷になるだろうけどさ。

人型に近づいたのに爪と牙で戦うのちょっとシュールだよな。

新しく覚えた繋がりで、一太郎たちに追加された特殊能力【短剣術】の詳細をチェックする。

【短剣術】Ｌｖ.１で使える力は〝技術洗練〟。確かに、一太郎たちの武器の使い方は武器を適当に振るうか刺すかのどちらか。

素人が刃物を持ったらこう使うという典型。

その武器の使い方が上手くなれば、戦い方にも幅が出てくるかもな。なるほど、武器系の能力も結構良い能力かもしれない。

オークが持つ【武器格闘術】は武器装備時に攻撃力をプラスするだけだから、ボタンと猪助にも技術洗練の効果をあげるのもアリか。

「……しっかし、次の進化までのレベルが遠いな」

【モンスターマスター】の能力でレベルアップに必要な経験値が減少してるものの、ちょっと大変。最低でも12はレベルを上げる必要がある。Ｅ＋級の分岐に関しては20レべ近くだ。

今までの経験上、５の倍数で必要経験値が急増する。

本当ならレベルを上げるために強いモンスターとガンガン戦いたいけど、死んだら意味がない。だから余裕をもって倒せる相手を選ぶ。そしたら経験値が少なくてレべ上げが遅くなる……。

「くぅ～。食べたらレベルの上がるアメか、一匹倒したら経験値一万くらい入る鉄のスライムが欲しい」

儚(はかな)い願望が口から漏(も)れるが、悲しいかなそういったアイテムやモンスターに関する情報に触れたことはない。

地道に上げていく他ないわけだ。

「見た感じ、この中ならカーくんが一番乗りでE級になるな。でもなぁ、カーくんには空を担当してもらいたいし……上板橋(かみいたばし)ダンジョンに行く道中で飛行系のモンスターが見つかれば捕獲(テイム)するのもありかな」

飛行系のモンスターは捕獲(テイム)が難しいし、あんまここらじゃ見ないけど。もし見つかれば、カーくんとすーちゃんがいればなんとかなるだろう。

「よし」

これで今できることは全てやった。移動中にいざ何か起こった時のために回復用ポーションも補充してあるし、食料に変換するための魔獣結晶も貯(た)めてある。

唯一(ゆいいつ)やり残したのは武器の強化だが、必要な魔獣結晶と固有素材が取れなかったからここでは断念せざるを得ない。

なので、武器の強化は上板橋(むこう)でやる。

予定通り、明日には上板橋へ向かえそうだな。

まだ見ぬモンスター。ダンジョンへの初挑戦。新しいこと尽(ず)くめだ！　子供のようにワクワクしてしまうが、新しいこととは未知のこと。

そのせいで俺たちのパーティが致命的なダメージを負うことがあるかもしれない。

心はホットに、思考はクールに。楽しみつつも侮らない。

「よ～し、気合い入れて寝るかぁ。今日でプロローグは終わり。明日から第一章だ」

春の日差しは暖かく、ほんのりと身体を火照らせる。辺りを警戒しつつ進む緊張状態の俺にとって、その暖かさは少々ストレスになり、額から一筋の汗がタラリと垂れた。

「あぁ～……意外と遠いな、やっぱ」

上板橋ダンジョンへの道のりは、単純な距離だけで言えばそう遠くはない。

俺が住んでいる所から上板橋まで、直線距離で８㎞といったところ。

〝昔は〟という言葉が頭に付くけどな。

見ての通り、今の東京23区に以前の姿を残す区は存在しない。

建物は倒壊するか、植物に侵食され、コンクリート混じりの土が今の大地だ。

たとえ建物は残っていようと、中は大密林。草木が好き勝手に生えまくりが普通。

俺の住んでいたアパートは本当に珍しい例だったんだな。

こうやって離れてみて、改めて実感する。

「マジで生きてる建物ないな」

トキノ荘を発ち、既に3時間が経過した。その間、森林と化した街中を歩いているが贔屓目に見ても寝泊まりできる建物があるとは思えない。

ダンジョンの周りは侵食の速度が早いって聞いたことあるけど、段違いだな。

今まで上板橋方面には行ってなかったから、ここまで進んでるとは思わなかった。

建造物を呑み込み己が一部にした大樹は、その建物より高く成長している。

この木々の成長と、建物の倒壊で地形が変わっているせいで、上板橋方面への遠征はかなり難航していた。

直線で突っ切ろうと思ったが瓦礫と土でできた山や、コンクリートを突き抜けて出てきている巨大な根っこに遮られ、逆に直線で行く方が時間がかかるなと回り道をしているんだが……。

「ッ！　ウォン！」

「みんな、敵だ！　左方向！」

「ギギギギギィイッ！」

ゴブリンの群れ、目算6体！　その手に鎌や鉄パイプなどを持ったゴブリンの集団が涎を口の端から垂らしながら俺たちに襲いかかってくる。

「残念。俺のパーティはもうゴブリンの群れくらいじゃビクともしねぇぜ！」

コボルトの六郎、ゴブリンの二ノ助が陣形から飛び出し迎え撃つ。

二ノ助の手には使い慣れた包丁が握られていたが、六郎の手には何も握られていない。その代わり、鋭く尖った爪がギラリと輝く。

「ギィギャ！」

「ギョギャア！」

「ギィエッ」

二ノ助の包丁が一閃すると、3体のゴブリンは喉から血を噴き出す。

まさしく一瞬の決着。これがゴブリンとゴブリン・エリートの差！

「ガウァッ！」

同時に、六郎も両の手の爪をゴブリンの喉に突き立てその勢いのまま肉を削ぎ取っていった。

二ノ助も同じく、一瞬で3体のゴブリンを屠る。

「ゴブ！」

「あぁ、みんな！　今度は右からだ！　撃退しろ！」

二ノ助と六郎の活躍の直後、反対側からコボルトの群れが突撃してくる。

それをサブローやゴンザレスが撃退する――さっきからずっとこれの繰り返しだ！

少し進んだら群れがこうやって襲いかかってくる。

正直、ゴブリンやコボルトくらいじゃ経験値が微々たるもんで、もう戦いたいモンスターじゃないんだけど！

そのくせ数は多いから時間を取られ、なんだかんだと3時間。

みんなの体力に余裕はあるが、正直「またか……」感を醸し出している。わかる、俺もだ。

3時間かけて、上板橋ダンジョンまで半分の距離しか来ていない。

むしろ半分の距離までは良いペースで来れてたのに、植物の侵食による街の森林化が著しくなってきた途端にこの度重なるモンスターの襲撃。

道も険しいから、下手をしたらこのまま着かずに野宿する羽目になるかもしれない。

「くっそぉ！　気張れお前ら！　俺も戦うぞ！」

ヤケクソ気味に、そこらに落ちている瓦礫をコボルトの頭部に目がけて投擲する。

「しゃあ！　当たったぁ！」

空は赤く染まり、空気が冷え込んできた。
夕焼けに草木が染められ、街全体が赤くなっている。
幻想的とも言えるその景色を、俺は忌々しく眺めていた。
結果的に、上板橋ダンジョンを目指していた俺たち一行はその日に辿り着くことはできなかった。

ゴブリンやコボルトくらいなら良かったが、オークやリザードマンまで登場しはじめたせいで想像してたより時間がかかってしまった。

「いや〜、マジでみんな進化させといてよかったな」

「ゴブ……」

「ワフ……」

「プギィ……」

偶然、植物に侵食されきっていない個人経営の小さな病院を見つけられたおかげで、俺たちは一息つけていた。

ここを拠点に？　とも考えたけど、

「侵食がなぁ……」

入口は草木が生い茂っていて入れる状況じゃなく、院内も問答無用で木が天井を突き破っている。

たまたま一室だけ侵食の影響がほぼなく、天井から蔦がぶら下がっているくらいですんでいる。

が、狭い。強さ的に進化させたことは正解だったが、デカさ的に不便になった。

ボタンちゃんと猪助の膝の上にサブローや二ノ助、ヨシコとゴンザレスが乗っかってまぁギリギリのスペース。

俺の家は安全という確信があったからみんなを匣水晶に入れてはいたが、外でみんなを匣水晶の中に入れておくのは危険だろう。

てか俺が嫌だ。一人でここで寝るとか嫌すぎる。

モンスターの目からは離れられそうだが、安全性と利便性の両方に欠ける。

ここは俺の引っ越し先にはならない。

そもそもダンジョンまであと2、３kmのとこまで来れてるんだから、どうせならダンジョンに通える距離まで頑張りたい。

「にしても、想像以上にモンスターがいたな。そりゃあこんだけいたら、俺の住んでたところまで流れてくるわけだ」

俺の近所にあったダンジョンを早期にクリアしてくれた人たちには感謝しないとな。

その人たちのおかげで、比較的平和にモンスターを捕獲して育成できたわけなんだから。

「名前も知らないけどね。あざっすあざっす」

名も顔も知らぬ恩人に感謝を捧げ、明日のことに思考を切り替える。

今日のペース的に、間違いなく上板橋ダンジョンには到着できる。

というか、する。オークやリザードマンが簡単に現れるようになるところで、固定の住処がないと心の平穏がない。

できるなら、みんなでゆったりできる住処が好ましい。

「つっても、あるかねぇ？　ボタンちゃんたち、身体のサイズ小さくならんか？」

「ムギィ」

「無理かぁ。だよなぁ」

どこもかしこも森林化してるせいで、思ってた通り住処探しに困る。上板橋ダンジョンの近くにある巨大樹は沢山の建造物を呑み込んで成長したって話を聞いたけど、その巨大樹に呑み込まれた建物とかに住めねぇかな？

侵食の際、自然の猛威に呑まれる建造物は数多いが半分だけ残るとか、一角だけ木から飛び出てるとか意外とあるし。

「それ狙うかぁ」

こんな世界になるってわかってたら、ツリーハウスの作り方とか調べといたのにさぁ。

「ゴブ……」

頑張ろうや、と言いたげに一太郎が俺の肩をポンと叩く。

そうだなぁ～と溜息混じりに返事をして、もう一度夕焼けの空を眺める。その空の向こう、巨大樹の方を。

あわよくば、快適な拠点を。信じたこともない神に「おなしゃす」と祈りながら、俺たちは少し早い夕飯の準備に取りかかるのだった。

——彼女、萌美優理の朝は遅い。

太陽が真上に昇ろうかという時間に、彼女は開かない眼を擦りながら、リビングに足を運ぶ。

「……」

窓から外をボーッと眺める彼女の目は、酷く澱んでいて虚ろだ。

朝起きて、いつも浮かぶのは「憂鬱だな」という感情。

まだ今日も生きるのか、いっそのこと寝ている間に殺されでもしていればいいのに。

「……弱虫」

死にたいけど、死ぬ勇気はない。死ぬなんて、簡単なのに。このベランダから空へ向かって、ほんの10cm足を踏み出すだけ。

でもできない。ほんの一歩が、途方もない距離に感じてしまう。

願わくば、モンスターが襲いかかってくれとさえ思う。でも、モンスターを呼びよせる声も、人に助けを求める声も出せやしない。弱虫だから。

死ぬことも他人任せで、今日だって惰性で生きている。

彼女は死にたがる。死を願う死願者……しかし、彼女は気づいていないのだ。

自分は、孤独を寂しがっているだけの子供だということを。人の温もりに飢えて、それを求めたくても求められない自分に、孤独に苛(さいな)まれている今を変えられない自分に絶望し、その絶望感を「死にたい。死んで楽になりたい」というもっとも〝簡単〟な思考に変換していることを。

彼女は、ただただ不器用な寂しがり屋なだけなのに。彼女自身はそれに気づけない。

少しの勇気を出せれば、助けを求める勇気があれば助かるはずなのに。少しのきっかけで、簡単に救われるのに。

だけど彼女は閉じこもる。人が怖いから。一番、人と触れ合いたいと思っているはずなのに。

「【醜人商会(しゅうじんしょうかい)】」

彼女はボーッと外を眺めながら、ステータスタブレットを呼び出し、特殊能力(スキル)を発動する。タブレットの画面に《盗品一覧(いちらん)》と《今日のオススメ！》がピックアップされていく。

【醜人商会】。

特殊能力(スキル)所持者(しょじしゃ)を中心として、半径750m、直径1・5㎞の範囲内にある〝全(すべ)ての〟アイテムを一日に8個までタブレット内のアイテム欄(らん)に移動させる能力。

人が所持しているアイテムは赤い文字で、人のアイテムでなければ白い文字で画面上に表示される。

人のアイテムが表示されるということは、〝それ〟も能力の効果対象に選ぶことができるということ。問答無用かつ、遠距離からの強奪が可能な破格の能力ではあるが、今のところ彼女は食料確保のためにしかこの能力を使用していない。

野良のモンスターが争い、負けた方は命を落とし魔獣結晶になる。その魔獣結晶を拾うことで、孤立したマンションの中でも食料難に陥ることはなかった。

無言で《盗品一覧》をスクロールしていき、食料や水に替えられる魔獣結晶をピックアップして自分のアイテム欄に移動させる。

あらかた必要な物は移動し終え、タブレットを消すと、ソファーに背を預けて目をつぶる。

両親もいない。友人もいない。インターネットもない。

そんな萌美優理の一日は、目をつぶって〝創作〟をすることに費やされる。

「……ふふ」

起床してからずっと鬱屈した表情を浮かべていたが、創作に没頭しはじめた途端に表情がガラリと変わり柔らかくなる。

萌美優理は、人気ライトノベル作家として活躍していた。

幼少期のある時期から、人を怖がり、話そうとするだけで動悸が激しくなり、呼吸がしにくくなって、軽いパニック症状を起こすようになってしまう。

過剰なほどの人に対する恐怖心から、ついには現実から眼を背けた。

その反動で、彼女は架空の世界に没頭した。

その最たるものがライトノベル。

物語の世界に魅せられた彼女は、取り憑かれたかのように創作に没頭し、多くの世界を創り上げた。

人と対面せずとも自分の言葉を、自分の好きなものをいろんな人に伝えることができること に喜びを感じて毎日書き続け、ほんの試しにとＷＥＢ小説投稿サイトへ投稿したことがきっかけで人気を博し、作品を世に出すまでさして時間はかからなかった。

人と触れ合いたいが、怖くて触れ合えない彼女の手に入れた、人と関われるもの。

沢山のファンが彼女を応援していた。

が、それもダンジョンに奪われてしまう。

彼女の絶望感は想像もできない。寂しがり屋の彼女がやっと手にした、人と関われる手段は消え、理解者である両親もいなくなった。

その中でも「死にたい」と〝思う〟だけなあたり、萌美優理のメンタルは存外強いのかもしれない。

「……行き詰まっちゃった。どうしよ、キャラクター……ううん、世界観をもっと深めて、それから」

目をつぶって、パズルのように物語を創り上げていく。

そうでもしないと、正気を保っていられないと本人も本能的に理解していた。

１年間以上、毎日それを続けていたから脳内にストックされている物語の数は１００を優に超えている。

巻数で換算したら、500巻は超えているかもしれない。彼女の創造力は、あまりに破格と言えた。およそ、人間が持ち得る才能とは言えないほどに。

「……？」

創作に没頭していた目が開かれ、不思議そうに周りを見渡す。

確かに今、すぐ近くでミシミシと不吉な音が鳴ったような――。

「――さんきゅーボタンちゃん！　ロック、いやウッドクライミングお疲れさん！」

「……ッ!?　……ッッッ!!?」

窓の外から聞こえる人の声に、心臓が跳ね上がる。

指はプルプルと震え、カチカチと歯を鳴らし、「ひゅ～……ひゅ～……」と掠れた呼吸が苦しそうに漏れ出る。

「な、なん、なんっで、ここに……！」

ベランダに立つ男とモンスター。しかも、モンスターはその男の言うことを聞いているように見える。男たちはレースカーテンのせいで部屋の中が見えていないが、見えている萌美優理は驚愕し恐怖に震える。

そんな彼女に、窓の外からさらなる追い討ちがかかった。

彼らは窓に手をかけ、開けようとしているではないか。

「あ～、流石に鍵かけてあるよな。ボタンちゃん、強引に開けてくれるか？　多分、無理矢理引けばボタンちゃんの力なら鍵ごと行けると思うんだわ」

「ひぃ……!?」

こ、壊される……!?　ど、どうしよう、人が、ひゅぅ、はい、入って……!?　モンスタ、殺され、はひ、わたし、はッ――。

パニックを起こす彼女のことなど知らないオークは、構うことなく窓にその手をかける。

「ひぃ!!」

もう、どうしようもなく追い詰められた彼女は思わずベランダの窓に駆け寄り……勢いよくカーテンを開けた。

「……」

「……」

片や、人がいたことに驚く沈黙。

片や、自分の行動が理解できず、失神。

豪快にカーテンを開けたかと思えば、豪快に大の字で倒れてしまうのだった。

◇◆◇◆◇◆◇◆

――時を遡ること十数分前。

「いや～、着いた着いた。お疲れ～みんなぁ」

労いの言葉と共にみんなの様子を見れば、流石にモンスターの身体であっても疲労の色が滲んでるな。基本的に雑魚処理とはいえ、あの数だ。

ゴブリン隊とコボルト隊の仕事量はかなりあったし、かなり強行軍で来てしまったからな。

「でも、そのおかげで……」

頭上を見上げると、視界に収まりきらない巨大樹が――そこにあった。

早朝すぐに出発して、11時を少し過ぎた頃。どうにか昼前には到着できて良かった。

遠目で見てもその異様なデカさに驚いたけど、いざ目の前に来るとより一層このバカデカさに驚愕する。

なにより、この大樹の幹に埋もれる建造物の数々。

巨大樹のちょうど真ん中辺り。マンションが一棟、半分ほど顔を覗かせる形で幹に埋もれていた。

マンション一棟まるまる呑み込んで成長したのかこの樹。

しかし、嬉しい誤算というか、あのマンション。木の中に埋もれてはいるけど、部屋の中は侵食されていない可能性がある。

「高さはかなりあるけど……」

樹の表面を見るとかなりゴツゴツしていて、手を引っ掛けるのにも、足場にも困りはしない。触った感じ、通常の木とは比較にならないくらい頑丈だぞコレ。岩だ岩。

こんだけ頑丈なら、登ってる最中に崩れ落ちるってことはなさそうだ。

「ボタンちゃん、俺を背負ってここ登れる？」

「ブフォウ」

発達した上腕二頭筋を見せつけられ「誰に言ってんだ？」という圧を感じる。

大型バイクを持ち上げ、そのまま投げることもできる握力と筋力だ。つるっつるの絶壁ならともかく、この樹なら簡単に登れるだろう。

「だよな。俺もボタンちゃんならイケると思ってたよ。目的はあのマンションだ。疲れたら途中で猪助に代わってもらおう」

「ブルァ」

「いらん、ですか。さっすがぁ。よ〜し、じゃあみんな、一旦休憩だ！　匣水晶に戻れ！」

ゴブリン隊とコボルト隊を匣水晶に戻す。悪いがカーくんとすーちゃんにはあのマンションに辿り着くまで、無防備な俺たちを護衛してもらう。

「よし、頼むぞボタンちゃん、カーくん、すーちゃん！」

ボタンちゃんの首に手を回して、おぶってもらう形で背に張りつく。

待ってましたと言わんばかりに筋肉を隆起させて、ボタンちゃんは樹に手をかけ、驚くことに猿のような身軽さでひょいひょいと登っていく。

若干揺れはあるが、まぁ許容範囲。

「おっ、おお、おおっ」

流石はモンスターと言うべきか、登り始めてすぐなのにもう地面が遠くに感じられる。これなら、すぐにでもあのマンションにまで辿り着けそうだな。

背中で揺られること、僅か数分。

なんのアクシデントもなく、もうマンションまで登ってきてしまった。

「おぉ、期待以上の優良物件。樹に埋もれてるだけで、侵食がほとんどされてないぞ。こりゃあ住めるな。大当たりだぞボタンちゃん」

「ブルァ！」

とりあえず、一番入りやすい角部屋のベランダに降り立つ。

護衛をしてくれたカーくんとすーちゃんに礼を告げ匣水晶の中へ。ずっと空を飛んで偵察役に徹してもらったから、ゆっくり休んでもらおう。

「いや～、さんきゅーボタンちゃん！」

――そして時間は今へと至る。

「――あぁ～、びっくりしたぁ。まさか先住民がいるとは」

勢いよく開け放たれたカーテンに度肝を抜かれた上に、〝貞子〟が出てくるなんて。

長い髪で顔のほとんどを覆ったその人は、身体つきでかろうじて性別を判断できた。

「てか、大丈夫かこの人」

数秒ほど動かずジッとこっちを見ていた女性は、グラリと揺れたと思えばそのまま大の字で倒れていった。

盛大に倒れ込んだ女性はピクリともせず、倒れたままだ。

チラリと隣に立つオークのボタンちゃんを見ると、ボタンちゃんも同時に俺の方を見た。

指で自分を指差し「私？」と問うてくる。

「ん～、かもしれん。まぁ、この人には悪いけど鍵を壊して入らせてもらおう。打ちどころが悪かったらポーションを使わないといけないし。流石に目の前で逝かれるのはキツイ」

「ブル」

了解、といった声を出してボタンちゃんは窓に手をかける。

肩周りと腕の筋肉が倍ほどに膨れ上がり、カタカタと窓が震え出す。

10秒も経たずにバギンッという甲高い音を立てて鍵は破壊され窓が開かれる。

「失礼しま～す」

開かれるや否や、靴を脱ぎ、急いで女性のもとへ駆け寄る。

肩を揺するが、反応はない。息は……してるな。

でも万が一のことがあると困るので、回復用ポーションを喉（のど）に詰まらないよう少しずつ口に流し込んでおく。

流石に床に放置はできないので、ソファーまで運び寝かせる。

「応急処置はこれでいいとして、どうするか。このまま放置は人としてアレだし、起きるまで待つか。ボタンちゃん、見張りは猪助にやってもらうから休んでてくれ」

「ボゥ」

ボタンちゃんを匣水晶（カプセル）に戻し、代わりに猪助を出してベランダで待機してもらう。

この高さであればモンスターが襲（おそ）ってくるとは思えないけど、一応の用心としてな。

「いや〜景色良いなぁ」

俺も一緒にベランダへ出て、景色を一望する。

どれほどの高さにこのマンションがあるかは知らないけど、かなり高い。

緩（ゆる）やかに吹く風が頬（ほお）を撫（な）でる感触が心地いい。

視界いっぱいに広がる景色を楽しむ余裕すらある。

そんな景色の一角に、不自然に空（あ）いた巨大な大穴。

「あれが上板橋（かみいたばし）ダンジョン」

数あるダンジョンの型（タイプ）のひとつ、穴型（ホール）。

穴を下降し、下へ下へ攻略を進めるダンジョン。

あの穴へ誘われ、二度と出てこれなかった攻略者がどれだけいるのだろうか。

中型といえどダンジョン。モンスター出ずる根源。

外のモンスターを倒せるからといって調子に乗れば、ダンジョンでは格好の餌となる。

ダンジョンの中は異形の巣窟であり、外に出現するモンスターよりダンジョンの中にいるモンスターの方がレベルが高い。さらに深層へと進めば進むほど、高レベルのモンスターが集まっている。

進めば進むほど辛く苦しくなるのがダンジョン攻略なのだと攻略者たちが話すのを耳にした。が、俺は違う。

俺は、ダンジョンのモンスターを捕獲しながら攻略を進めていける。

つまり、進めば進むほど俺の仲間は強くなっていくってわけだ。

そのために魔獣結晶を貯め、匣水晶を何十個とストックしてある。最初から、正当な手段でダンジョンを攻略しようなんて考えちゃいない。

せっかくそこに強いモンスターがいるんだから、利用しなきゃ損だろ。

ダンジョンモンスターの大量捕獲。俺の手持ちが一気に潤う大作戦。その極めつけが……ダンジョンの最深部にいるダンジョンの頂点、ダンジョンボスの捕獲。

「とは言っても、上板橋ダンジョンのボスがどんなモンスターなのかっていう情報は全く出回らないんだよなぁ」

ゲームならともかく、これは現実。一度死ねば終わりだ。

小型のダンジョンなら気楽に挑めるというが、中型の規模になれば攻略は探り探りの慎重なものになってしまう。

中型とはいえども、見た目は十分に巨大。

大型と超大型が規格外なだけで、中型でも人類の脅威であることに変わりはないんだ。

その脅威を、自分の仲間にできるという安心感と、優越感。

さっきの敵は今の仲間ってな。

強ければ強いほど、脅威であれば脅威であるほど、捕獲できた時のリターンは大きい。

やっぱり、〝倒さなくても〟捕獲ができるっていうのはチートだ。

これはつまり、本来倒さなくてはいけないという手順を省略できるってことに繋がる。

時間短縮に加え、戦力増強。

「最初のモンスターを捕獲するまでが大変だったとはいえ……ここまで来れたらチート能力だな」

既に9体のF級モンスターに、G級飛行系モンスター1体。

超大型、大型ダンジョンに近づきさえしなければ十分に生きていけるパーティが組めている。

しかもただのF級ではなく、ステータス上昇補正により普通のF級より間違いなく強い。

このまま順調に進めば、C級やB級、A級のモンスターすら俺のパーティに、なんて夢すら現実味を帯びてくる。

【モンスターマスター】。こんな世界で、こんな特殊能力（スキル）に目醒（めざ）めたんだ。

男の子なら最強のモンスター軍団というものを夢見て当然だろう。

「なぁ、猪助。お前も男なら最強を夢見るだろ？」

「ブルァ！」

「そうそう、その意気だ。いつかなろう、最強に」

猪助と男の子談義に花を咲かせていると、気を失っていた女性から「ううん……」という呻（うめ）き声が。

「……あ、れ？　私……」

「……あ～、どうも。すいません、大丈夫～……ですか？」

後頭部を押さえながら起き上がる彼女に、窓の外から声をかける。

「……ひッッッ」

「あ、ちょっ、待って、待ってください！　怪（あや）しい者じゃないです！　いや、勝手に部屋に入ったのは申し訳なかったですけど、本当に怪しくないので！」

こちらが見ても心配になるほど震え出した彼女に、俺は「怖くない怖くない」と必死に言い聞かせるのだった。

震え、過呼吸に陥（おちい）り「ひひ、は、かはっ、こひゅ～こひゅ～」と今にも死にそうになる彼女を必死に落ち着かせようとすること、約1時間。

彼女はビニール袋を頭に被り、俺との間に猪助を挟むことでコミュニケーション？　のようなものを取れるまでに落ち着いた。

猪助はナニコレというキョトン顔で、彼女と俺の間に挟まっている。すまん、猪助。俺もよくわかってないんだ。

「……」

「……」

「……」

三者沈黙。

重い。空気に重量があると感じたのは生まれて初めてだ。

本来なら、この部屋の住人である彼女に謝罪し、違う部屋に移動すれば良かったんだが、俺たちは過呼吸に陥る彼女を放っておくことができず、結果、この空気だ。

「……え～と、まず、そのぉ。窓の鍵、すいません」

「～～ッ！」

「おおっ」

凄い勢いで首を横に振られた。ビニール袋がシャカシャカシャカっ！　と厳つい音を立て震えている。

……言葉を投げても、言葉が返ってこないこの感じ。

もしや、陰の者？

見れば、いまだ指がプルプルと震えている。これは、かなりレベルが高い。類稀に見る〝本物〟。人に対する恐怖心から人との関わりを持てないタイプ。俺のような面倒だからという量産型とはわけが違う。

こういう人は心的要因により、人との関わりを持てないと何かの番組で見たことがある。見ろ、この自信なさげな酷い猫背。限りなく自分の存在を小さく見せたいがために、こんな丸くなってしまったに違いない。

目元が隠れるほどに長い前髪。酷い猫背。

……ん？　なんだか他人に思えなくなってきたぞ、と不意に自分の姿を思い浮かべる。

目元が隠れる長い前髪。不恰好な猫背。処理の甘いヒゲ。おや？　もしや、彼女は生き別れの妹……？

妙な親近感に思わず保護欲というか、放っておけないという感情が湧いてきて、「はい、じゃあさよなら」と行けなくなってしまった。

「……えっと～、ここにはひとりで？」

「……（コクコククコクッッ）」

ひとり、か。髪の毛で顔はわからなかったけど、同い年って感じはしない。さっき僅かに聞こえた声は随分と可愛らしく、若い印象だったから恐らく年下。

リビングの家具も一人用じゃないから、家族と一緒に住んでいるはず。それでもひとりでここに住んでるってことは……まぁ、そういうことか。

ダンジョンのせいで大事な人を失うというのは、よくある話だ。

津波とか、台風なんかの比ではない大災害が起こったのだから。

「えっと……その、不躾だったみたいで。すいません」

「……（フルフルフルッツ）」

言葉は喋ってくれないけど、返事はしてくれるんだよなぁ。

どうする猪助？　頼れるオークに目を向けるが、コイツ目をつむってやがる。逃げやがった、この豚野郎。

ん～、俺たちもあまり時間を使ってられないからなぁ。早いところ自分たちの拠点を見つけたい。

なんだか放っておけないし、心配だが、そろそろ出ていった方がいいかと思っていると、

「ッ……あ、っ、あ、の」

「っ！　は、はい」

「……」

「……」

「…………い、良い、て、こひゅっ、てん、天気……で、でで」

「お、落ち着いて。ゆっくりで大丈夫ですよ。わかりますよ、初対面の人間に何を言ったらいいかわからないその気持ち」

「あ、貴方(あなた)、も……？」

「まぁ……分類的には」

貴女(あなた)ほど深刻ではないけど。むしろ同じと言うと失礼な気すらしてくる、この生粋(きっすい)感。

凄かったからな、さっき。拒否反応というか、人ってここまで人を怖がれるのかと。

「え、ぁ、そ……の。あっ…じ、自己……わ、私……ひゅっ、萌美(もえみ)、っっ、優理(ゆーり)って、い、いい、ます……」

「ああ、これはご丁寧(ていねい)にどうも。俺は暗内智(くらうちさとし)といい……もえみゆーり？」

小学生のような互いに名前を言い合う流れに、思わず頬が緩み、可愛らしいな～これはちゃんと返してやらねばな～と思い一瞬流したが、今もえみゆーりと言わんかったか？

「あの。それって、萌(も)え～の萌に、美しいの美、優しいの優、理科の理で萌美優理っていいます？」

「……ぅあ、は、はい」

「す～っ……違ったら申し訳ないんですけど、もしかして小説とか書いてたり？」

「あ、は、はい」

「――わ、『私の言葉がわからねぇのはテメぇらが悪い』っていうライトノベル作品、知ってますっ？」

ドクドクと鼓動が速まるのを自覚しながら、タブレットのアイテム欄に大切に保管しておいたライトノベルを一冊取り出し、ずずいっと彼女の目の前まで持っていく。

それを見た彼女は見て感じ取れるほど、態度を軟化させ、少しではあるが震えがおさまった。

「――よ、読んで、くれて……っ、たん、ですか？」

「ッッ!?　ほ、ほほ、本物ッ？　も、萌美しぇんしぇいッ!?」

そ、そんなッ。生きていたなんて、いや、いやいやいや、え、嘘？　本当？　本当に萌美優理先生……あ、待って、あまりの奇跡的展開に目の前が真っ暗になっ――。

「あう、は、ッは、い。本、物で……あ……そ、こに……原稿、が……」

「ええッ!?」

「どう、ぞ……」

「み、見ても……？」

先生が指差すテーブルの上には、確かに紙の束が山積みになっている。さっきからアレなんだろうとは思ってたけど、まさか崇拝する先生の生原稿だなんてッ。

し、死んでしまうッ。アカン。ダンジョン攻略どうでもよくなってきたなぁ！　最強とかそんなんどうでもええですわぁ！

もう一度「本当に見ても？」と確認をしたらコクリと一度だけ頷く。

ゴクリと生唾を飲み込んで、原稿の一部を手に取り、飛び出るほどに眼を見開き一文字一文字を吟味する。

そして確信した。

「…………本、物だッ」

これだよ。これを、これをずっと俺は……『わたこと』の、続きだよコレ……。

もう、もう永遠に読めないと思ってたのに……。

紙をめくる指が震えるが、とめどなくページを繰ってしまう。

興味深げに猪助が覗き込んでくるが、お前は一巻読んでないだろうが。そこにある一巻を読んどけお前は！　ネタバレだぞコレ！

読む手が止められん。眼から溢れ出る涙も止められん！

「う、ううっ。ひぐ、ぉぉおお……！」

「て、ティッ、シュ、どぞ……」

「ありがどぉございばず……」

――2時間後。

「天国を垣間見た」

目の前には、既に読み終えた聖書が積み上げられている。

尊（とうと）いの暴力。幸せに殴り殺されるかと思った。

きっと漫画なら、今の俺の周りにはキラキラと輝く効果がつけられ、魂（たましい）が半分抜けかけていることだろう。

今一度、生原稿に手を合わせて先生の前に戻る。

「拝読（はいどく）、いたしました。貴女が神です」

「あ……えう、あ、ありが、とう……ござい、ます」

照（て）れているのか手を擦（こす）り合わせて、身体を左右に僅かに揺らしている。

最初と比べれば明らかに態度が軟化してくれていて、嬉しい限りだ。

「まさか、拠点を求めて訪れた場所に先生がいるなんて……」

「き、きょ…拠点……？」

「上板橋ダンジョンに挑むために、近場で拠点を探してたんですよ。そしたらメチャクチャ良いところにこのマンションがあったので」

「ダン、ジョ…………ぁ、あの…穴……です？」

「そうですそうです。あれがダンジョンで……あれがダンジョンって知らなかったんですか？」

「……（コクコク）」

あんな目の前にあるのに知らなかった？　いや、あの人間に対する怖がり方からして、人と喋るどころか人がいるところにも行ってなさそうだよな。今、どこで何が起きてるとか、現在の世界の情報なんて少しも入ってないんだろう。

チームワークが大事な共闘なんて無理だろうし……となると、この先生どうやって生きてきたんだ？

ソロでも生きていけるくらい、実は滅茶苦茶レベル高いのか？

「先生、実は強かったり？」

「……ッ！（ブンブンブンブン）」

とんでもなく力強い拒否と共に、指が一本だけ差し出される。それはLv.1って、ことか？

だとしたら不思議だ。ぶっちゃけ、ダンジョンの出現地域なんて特殊能力が目醒める前の人間がいたら高確率で死んでしまう危険地帯。

特殊能力が目醒めても危険な地域なのに変わりはない。

そこでLv.1でありながら1年以上生き残れているのは……あっ、この家か！

地上の方が狙える餌は多いんだから、数十mのクライミングをしてまで一人の人間を狙うモンスターなんていない。というかここに人がいることも認識してないだろ、人も、モンスターも。

しっかし不可解だ。Lv.1の人間なんて普通の人間と一緒。しかも先生、見るからに貧弱。

その身体でこの巨大樹を自力で降りるなんて無理だ。

「先生……もしかしてダンジョンの侵食で家がこうなってから、外に出てない？」

「……す、特殊能力（スキル）が……あっ、たので」

「？」

そう呟（つぶや）いた先生は何を思い立ったのか、ユラリと幽霊のような動きで歩き出し、原稿の裏に何かを書き始めた。

猪助と目を合わして二人とも頭に？マークを浮かべる。

てか、お前『わたこと』読んでるフリしてるけど絶対わかってないだろ。上下逆だぞソレ。

猪助に正しい向きを教え1ページ目から味わって読めと教えていると、先生は書き終えたのか掠（かす）れた声で「ぁ、ぁ」と呟いているので急いで振り向く。

「はい？」

振り向くと、先生は紙を俺に差し出していた。

何かわからないけど紙を受け取り、たった今書かれたであろう文字の列に目を通す。

「……【醜人商会（しゅうじんしょうかい）】？」

これって、先生が持ってる特殊能力（スキル）の詳細（しょうさい）じゃないか。

事細（ことこま）かに記された情報を読んでいくと、なるほどと得心がいく。

確かにこの能力があれば、この家から出なくとも生きていけるはずだわ。

「いや、これは教えちゃ駄目でしょう。先生、流石に迂闊（うかつ）だ」

「え、う」

「明らかに悪用できる上に、強力。見る人が違えば、間違いなく悪いことに巻き込まれる。あまり自分の持ってる力のことを事細かに教えちゃ駄目ですよ」

「……すぃ、ま、せん…」

「あぁ、いや、悪いことじゃないんですよ？　でも、流石に会ってすぐの俺に全(すべ)ての情報を教えるのは如何(いかが)なものか？　っていう話で。多分ですけど、これ全部書いてますよね？　能力レベル。効果範囲。能力の使用条件。人の物も奪える、とか」

「……（コクリ）」

「やっぱり……」

見るからにショボくれる先生を見ていると、身体の大きな子供のような印象を受ける。

かまってほしくて、ついつい言ってはいけないことを言ってしまう……みたいな。

実に危なっかしい。どういう意図で特殊能力(スキル)を教えてくれたのはわからないけど、流石にこれは。

明らかに強いだろう、この特殊能力(スキル)。何が強いって、〝誰にも気づかれず〟に〝装備さえ〟奪えるところだ。

欲しい物を持ってる奴(やつ)の1・5㎞圏内にいれば堂々と強奪ができるとか何それ怖い。神様が悪用してくださいって囁(ささや)いてる。

少なくともこんな人間恐怖症の弱気な人に与える能力じゃないだろ。

「ん～……」

第一印象から「大丈夫かなぁこの人」と心配にはなったが、ちゃんと心配になってきた。

本当なら、俺は俺のやりたいことがあるのでさようなら、と行きたいんだが……現金な話、この人は俺の青春を彩ってくれた尊敬する萌美優理先生。

このまま「はい、さようなら」ってのはあまりにも不義理じゃないか？　ここで別れて、次に出会ったら帰らぬ人になっていたとか悔やんでも悔やみきれないぞ。

決めた。この人も——育てよう。ちゃんと、この世界で生き残れるように。

仲間におんぶに抱っこで生きてる俺が言うのもなんだけど、少なくとも先生よりは場数を踏んでいる。最低限のことは教えられるはずだ。

「先生。レベルを上げて、強くなりましょう」

「え」

「正直、心配です。今までは平穏無事に過ごせていたとしても、それが永劫続くとは限らない。その時、この世界のことをなにも知らない。オマケにLv.1の先生じゃ簡単に死んでしまう。よしんば誰かに助けられても、利用されるかもしれない。そうならないために、一緒に強くなりましょう」

「……い、いっ、しょ……」

「そうです。俺が面倒を見ます」

「俺、萌美先生がWEB小説『機械仕掛けのヘレスティア』を出した時から、ずっとファンなんです。できることなら、萌美優理先生の手で書かれた物語をもっと読みたい。俺は先生に生きていてほしい。ファンのエゴでしかないけど、どうかッ」

「……〝一緒〟…に、です？」

「はい。この猪助も手伝ってくれます」

「ブル」

先生は黙って、深く俯いてしまう。

頼むぅ、了承してくれぇッ！　もっともっと先生の作品読みたいんだ俺は。もう読めないと思ってた時に起きた奇跡。この奇跡を手放したくはないんだぁッ。

「……わ、かり…まし…た」

「おぉッ！『で、でで、も……じ、条…件…こひゅ、ひ、ひとつ…』条件？　ええもう、なんでも言ってくださいよ！」

「……さっ、き……拠点…て」

「あぁ、はい。このマンションにしようと思ってたって話ですね」

「……こ、この…わ、こひゅッ…わ、私、のの…部屋…に、し、しま、せ…んか？」

「えっ？　……あぁ～、いや。それは流石に。倫理的に」

この家を拠点にしろって？　そんなん、女の子一人の家に男が転がり込めるかと思い断ると、先生はゆっくりと窓に向かい指を差した。

「？」

「……か、ぎ……壊、さ、れまし、た。怖い…です」

「うっ。あ～、おーん……」

「……」

鍵を言われると弱いんだよなぁ。お金を払えば直せるわけじゃないし。

モンスターに対し鍵をして意味があるかどうかはともかく、鍵を閉めてるっていう心のゆとりは大切だよな。

そうさ、俺が萌美先生に手を出すわけがない。俺たちが側で見ていられるなら、それが一番安全だ。むしろ先生と行動を共にするなら一番の拠点と言っていい。

「……わかりました。先生の言葉に甘えて、この部屋を拠点にさせてもらいます」

「……ッ！　…はぃ…！」

ひょんなことから、崇拝するラノベ作家、萌美先生との同居生活が始まってしまった。

人生なにが起きるかわからないもんだなぁと思っていると、相変わらずプルプルと震えているが、どこか嬉しそうな雰囲気を漂わせる先生の顔に笑みが溢れる。

妹ができたみたいだなぁ、という温かい気持ちが芽生えながら、俺と先生、時々モンスター

たちによる生活が始まった。

◇◆◇◆◇◆◇◆

「萌美センセー。どう？　近くに良さげなアイテム落ちてる？」

「は、はぃ。い、1・3㎞先に、わ、ワイルドボアの、毛皮がありますっ」

「おっけー。それ取りに行きますかぁ」

「は、はぃぃ……」

ボタンちゃんの肩の上に乗りながら、小さく相槌を返してくれるのは、ビニール袋をかぶっていない萌美センセー。

顔の半分を隠していた髪をピンで留めて、今ではその可愛らしい困り眉も俺たちに見せてくれている。顔を見せてもいいと思ってもらえるくらいには、俺たちに慣れてきた。

「ブホ？」

「え、え？　は、はいぃ、だ、大丈夫ですっ」

ボタンちゃんが乗り心地は大丈夫？　といったニュアンスで鳴くと、センセーは意図を察して慌てて返事をする。

ボタンちゃんや猪助と一緒にいることが多いからか、ボタンちゃんたちオークの鳴き声のニュアンスで会話ができるようになっていた。

俺だけじゃなく、パーティモンスターにも慣れてきて嬉しい限りだ。

一太郎やヨシコたちも俺とセンセーを護るように陣形を広げ、今日も今日とてセンセーのレベ上げじゃ！

萌美センセーの押しに負けて始まった奇妙な同居生活も、かれこれ45日。一カ月半という時間が経過していた。

早々にダンジョン攻略に乗り出そうと思っていた俺の計画は見事に崩れ、この一カ月は萌美センセーのレベ上げ、ついでに手持ちモンスターであるみんなの戦力底上げに当てている。

最初は言葉に詰まり、呼吸が乱れてコミュニケーションが取れなくなる時もあったが……見てくれ、まだ詰まったりはするが、言葉のキャッチボールができるようになったんだ！　萌美センセー！

積極的に話しかけたからね！　そりゃあもう、暇さえあればガンガン話しかけた！

そもそも、萌美センセーには今この世界がどうなっているのかということを教えないといけないから、必然的に会話は増える。おまけに一緒に住んでるし、ちょっとくらい仲良くなれるわな。

流石と言うべきかセンセーは地頭が良く、俺の教えたことをすぐさま吸収。

おかげさまで座学は秒で終了。早い段階でレベル上げに移行し、センセーに戦闘経験を積ませることができた。

【醜人商会】以外にも【弓術】という、弓矢を扱えるようになる特殊能力を持っていたから尚更都合が良かった。

最初はビビり散らかしぴーぴー泣いていたが、この人のためだと戦闘を続行。

「できるできる！　先生ならできるよ！　心を熱く、熱く燃やすんだッ！」「先生すごい！　やればできる子！」と褒めに褒めて、一太郎やボタンちゃんにも手伝わせ、まぁ褒め讃えた。

現代っ子は褒めて伸びる。俺もそうだ。褒められて嬉しくない子なんておらん。

萌美センセーも例に漏れず、「……え、えへ、えへえへ……」と誇らしげに戦っていた。

今や立派な……立派、うん、まぁ？　立派なアーチャーになったかな？

俺が近くにいないと電動マッサージ機のように震え出すところ以外、とても立派に戦ってくれるようになった。

レベルも26まで上がり、ステータスなんて俺を凄い勢いで追い抜かしていきよったよ。

上板橋ダンジョンの近場なだけあり、モンスターが数多くいる。レベル上げの環境としては申し分なかったのが大きかったな。

このレベ上げの一環として行っているのが、萌美センセーの特殊能力【醜人商会】を使ったアイテム集めだ。

範囲内にあるアイテムを動かずして入手できるその能力。一日8個という制約があるものの、とが判明。

《盗品リスト》にはそのアイテムまでどのくらい離れているかという距離が表示されているこ

おいおい、マジかと。自分を中心として範囲内に存在するアイテムを全て把握できて、オマケに距離を測っていけば容易に場所まで特定できるってヤバくない？　自分の足で取りに行けばいいんだぜ？

その能力を使うことで効率良くレベ上げを行いながら、同時に良いアイテムもゲットできている。

俺はアイテムが潤い、さらにモンスターを強くできる、萌美センセーはレベルが上がる。

完全なるwin-win。もはや正当な能力の使い方をする方が少なくなっている【醜人商会】くん可哀想。

最初は萌美センセーが死なないように。という善意でレベ上げをしようと言ったんだけど、なんだか俺の方が得している気がするなぁ。

(微小)クラスよりデカい魔獣結晶やモンスターアイテムは手に入るし、萌美優理の新作や続編が読める日々。

あれ？　もしかして世界が崩壊する前より人生潤ってる？　俺の今までの人生とは一体。

とまぁ、なんだかんだあったが萌美センセーに出会えて本当に良かったという話。

「あ、アイテムとの、距離が、ちぢ、縮まってるので、方向はこっ、こっちで合ってますっ」

「りょーか……っ！　みんな！　2時方向、敵3！　カーくん、魔法で先手を撃て！」

「ガァー！」

「ゴブギィッ！」

「ウォンッ！」

アイテムを求め歩いていると、前方斜め方向に敵影を発見。

あの巨体の影、オークの集団だな！　俺たちに気づかれたことを察した集団は、大股で俺たちに向かい駆け出す……が、遅い。

カーくんがオークの足元に風魔法を撃ち、オークの足を止める。

「センセー！」

「はぃぃ……！」

1カ月半の特訓もあり、戦いが始まったらすぐに弓を構える癖がついていて、すでに照準をオークにセットしていた。

「……ふっ！」

放たれた弓矢はオークの鼻の穴に命中。「ピギィーッッ！」という奇声を上げるオークに、一太郎とゴンザレスの刃が迫っていた。

「ナイスエイム、センセー。鼻の穴とかエグいところ狙ったねぇ。眼じゃないんだ」

「……眼を、ね、狙っ、たんです……」

しゅんと身を縮こませるセンセーに慌ててフォローを入れる。

「いや、顔に当たれば十分十分！　ヘイトを向けさせれば近接の一太郎たちがさらに戦いやすくなるんだから！　当たったもん勝ち！　狙ったところを狙った通りに撃ち抜くなんて、これからこれからぁ！　まずは的（まと）に当てた自分を褒めよう！　センセー、偉い！」

「……ほ、ほんと、です？」

「センセー凄い！」

「え、えへへ」

「やっぱりセンセーと一緒に戦えると違うなぁ、遠距離で支援できる人が一人いるだけで凄く助かるなぁ～」

「も、もう、一度や、やってみます……！」

ふんす、と鼻息荒く一太郎たちと戦っているオークに弓で狙い出すセンセー。

ちょろい。この人、おだてられたらやっちゃうタイプだわ。悪い人に都合良く使われるセンセーが容易（たやす）く目に浮かぶ。そうなる前に出会えて良かった、マジで。

「よしよし、一太郎たちが良い感じに翻弄（ほんろう）して消耗（しょうもう）してきたな。ボタンちゃん、トドメに暴れてさしあげろ！」

「ブルァアアアッ!!」

猛々（たけだけ）しい咆哮（ほうこう）上げながら、オークらしからぬ速度で突進していくボタンちゃん。

ボタンちゃんにビビり動きが止まったオークの顔面に、愛用武器である道路標識が叩き込まれる。

標識部分が顔面に深々と突き刺さり、易々と1体を仕留めてしまった。流石はボタンちゃん。

体力の削れたオークを倒すなんて造作もないボタンちゃんは、早々に戦闘を決着させ、ドロップした魔獣結晶を持って帰ってきた。

「よし、お疲れ～みんな。良いチームワークだったぞ。萌美センセーも、ナイスアシスト」

「い、いぇ、み、みなさん、つ、強いから……」

「だってよ、お前ら」

萌美センセーに褒められ、皆誇らしげに胸を張っている。

まぁ、実際強い。というか、〝強くなった〟。

上板橋に着いたら早々にダンジョン攻略をしようと思っていたけど、今はこの通り萌美センセーのレベ上げを行なっている。

勿論、コイツらのレベルも上がる。

レベルが40を超えた辺りだろうか。レベルが上がった時のステータス上昇値が高くなったのだ。

そのおかげもあり、同階級のモンスター相手ならチームを組んでいるのもあって危なげなく圧勝するまでになった。

意図せずしてパーティの強化を図ることができて、なんか得した気分。

すーちゃんは宵闇烏への進化を果たし、カーくんに関してはもうすぐ進化できるくらいレベルが上がっている。

Eランクのモンスターが俺のパーティに……う～ん感慨深い。

最初はオールGランクで、チクチク頑張ってきたのが昨日のように思える。

この後も数度の戦闘を挟みつつ、無事にアイテム『ワイルドボアの毛皮』をゲット。

これを上板橋集会場に持っていけば装備品として加工したり、別アイテムとの交換ができる。

こういうモンスター固有のドロップアイテムが落ちる確率はそんなに高くないから、まぁまぁ良い装備品になるんじゃないかな。

「よし、今日はこのへんにしましょか。センセーが欲しいアイテムとかある?」

「ぃいえ、な、ないですっ」

「じゃあ帰りますかぁ。今日もお疲れさまな～お前ら～。もう一踏ん張り頼むぞ!」

「ゴブ」

「ワン」

「ブフ」

「よしよし、良い返事だ」

「……ふふ」

家に帰るまでが遠足ですと同じく、家に帰るまでがレベ上げ。

細心の注意を払いつつ、俺たちは今日のレベリングも無事に完了。すっかり見慣れた拠点(きょてん)である萌美センセーの家で、みんなくつろいでいた。

言葉が通じているのかは知らないけど、ゴブリン3体、コボルト3体、オーク2体、カラス2体。みんな仲良く話し込んでいる。

少し前はあの半分がこぢんまりとした体型だったのに、今じゃみんな一人前のガタイになっちゃってまぁ……。

ステータスを見ても、随分様変(ずいぶんさまが)わりしたと感じる。

最初に捕まえた一太郎なんて、一桁(けた)台のステータスとかあったのに。

今じゃ3桁のステータスばかりだ。

オマケに、この前進化させる時に特殊能力(スキル)を覚えさせておかなくて後悔したので、魔獣結晶を大盤振る舞いし全員に特殊能力(スキル)を覚えさせている。

とは言っても、魔法系特殊能力(スキル)の素材が今は集まりづらいから覚えさせてはいない。身体的ステータスを上昇させる特殊能力(スキル)だけだ。

これで進化させる時に特殊能力(スキル)の格も上がってくれれば万々歳(ばんばんざい)。

もうすぐカーくんが進化できるから、どうなるかがわかる。

早くて明日とかには行けるんじゃないかな～と、カーくんのステータスが映るタブレットと睨めっこをしていると、隣に座っていた萌美センセーが話しかけてきてくれた。

「ぁ、あ、の」

「ん？　なんぞ？」

萌美センセーの方を向けば、センセーは俺のタブレットを見て呟く。

「……そ、の。ずっとき、気になって、たんです、けど。智さんの、特殊能力で、あの子たち、仲間にしてるん、ですよ、よね？」

「そうだけど、それが？」

「わ、私的には、凄く強い特殊能力だと、思っ、うんですけど……他にも、いたんです、か？　も、モンスター、捕獲をしてる人」

「あぁ～。俺も最初は他にもいると思ってたけど、モンスターを捕獲してるって奴は見たことないなぁ。動物を使役するって特殊能力は聞いたことあるけど」

「じ、じゃあ、あれ、ですね。私の、能力みたいに、し、知られると……」

「危ないかもねぇ」

センセーに言った通り、俺みたいに育成補助盛り盛り、特殊能力付与可能みたいな性能はなくても、モンスターを使役するだけの特殊能力はあると最初は思っていたんだが……この1年、俺以外でモンスターを使役している人間は聞いたことも見たこともない。

都内だけの極々小さな情報網でしかないから本当のところはわからないけど、少なくとも練馬集会場でモンスターを捕まえて使役してるなんて人間は確認できなかった。

俺みたいに念のためモンスターを隠して人前に出ている可能性があるから絶対にいないとは言えないけど。

だから俺はヨシコやカーくんたちにモンスターだけでなく、もし人間も近づいてくるようだったら教えるようにと言ってある。

もし見つかって一太郎たちが野生と間違えられて殺されたらたまったもんじゃないからな。

ぶっちゃけ、萌美センセーと鉢合わせた時に猪助を見られて「やべぇ」と思ってたんだよねえ。

成り行きでどうにかなったけど、あれからはもっと注意を払うようにしている。

「そ、その、私、絶対、いい、言わない、のでッ……！」

両手をぐっと握り締め、ジッと見つめてくるセンセー。

笑みを浮かべて「おう」と礼を告げた。

一月も同じ家に住んでいればセンセーの人と成りもなんとなくわかってくるもので、この人なら俺の能力を無闇矢鱈に言いふらしはしない。

というか、できないだろう。

初めて会った時の、1時間くらいパニックを起こしたセンセーを思い浮かべれば、まず他人に話しかけることすらできるか怪しい。

センセーが自ら言うとも思ってないけどね。

なんだかんだ懐いてくれてるし。

こうやって話しかけてくれるくらいに、距離が縮まったのが嬉しくなる。

ビクビクして近づいて来なかった子犬が、やっと膝に乗ってくれるようになってくれたかのような可愛さがある。

見ろ、この頰を引き攣らせながら頑張って浮かべている笑顔。表情筋が今にも攣りそうだ。

護りたい、この笑顔。

萌美優理は、依存している。

自分も含まれる、暖かい団欒の輪。結束して戦い、勝利する快感。他人から気持ち悪いと言われる自分の言動をモノともしない智の振る舞い。

長らく人と接することができないでいた萌美にとって、それは劇薬に等しかった。

無意識下で、人と触れ合い、語り合いたいという想いを募らせていた際に起こった出会い。

その出会いは、初対面の男である智を自分の家に住まわせるという暴挙を容易に行わせるほど、彼女をおかしくさせた。

藁にもすがりたい、まさにそんな精神状況だったのだから。

そこに現れたのが、自分の作品を好いてくれている、自分の産み出したモノで涙を流してくれる熱心なファンで、自分の言動を気にせず接してくれる、1年以上、孤独を強いられていた極限状態の人間が依存するには絶好の相手だった。

今まで一度も女性から好かれてこなかった男に、清純な美女が自分にひたすら優しくしてくれたらどんな男でも簡単に心を許すだろう。

それと同じ。彼女は日を追うごとに智に溺れ、依存していった。

智は気づいていない。どれだけ、萌美優理という人間が暗内智という人間に溺れきっているか。

いろんな状況が重なりに重なり、奇跡的に出来上がってしまった依存度。

愛とか、恋とか、そんなものとは異なる黒く粘着質な感情が、彼女の胸中を支配していた。

だから、彼女は彼を縛ろうと必死に努力した。

教えられたことは何度も何度も反芻して、無理矢理、頭に叩き込んだ。

彼が読みたいと思う物語をひたすらに書き連ねた。

最初は戦いに恐怖を覚えたが、やっと手に入れた関係と空間を失うかもしれないと思えば、彼女は戦えた。

戦力の一部になれるよう、弓の技術を磨いた。特殊能力の使い方も考えた。

少しでも〝一緒にいてもいい〟と思ってもらえるように。

もし、智から「家を出る」とか「離れよう」という言葉が彼女に向けられたら、はたしてどうなるだろう。

胸中を支配する黒い感情で、彼女は壊れるのかもしれない。言い切れるのは、決して良い結果にはなり得ないということだけだ。

智は可愛い妹ができたみたいだとこの関係を気に入ってはいるが、彼らの関係は、脆い、薄氷の上で成り立っていることに気づいていない。

この心の齟齬が、未来の彼らにどのような影響を及ぼすのか。それは、神のみぞ知る。

肌を瞬時に凍らせる、極寒の風が轟々と吹き荒れていた。
鈍色の空から降り落ちる雪は、暴風に運ばれ弾丸のように攻略者の肌に突き刺さり、鋭い痛みを延々と与え続ける。
猛吹雪は止むことを知らず、攻略者の歩みを決して認めようとしない。
〝そこ〟に足を踏み入れてしまえば、零度を遥かに下回る温度で身体の末端は凍え、痺れ、たちまち感覚がなくなるだろう。耳を出していようものなら、数分も経たず凍りつき、音も痛みもなく取れるのは当然のことだ。

眼前から襲いかかる吹雪が攻略者の行く手を遮り、視界は不明瞭。辺りの景色を頼りに進もうとするが、地平線まで続く純白の大雪原が広がるばかり。目標になるものは、そこに存在しない。

自分がどれほど歩いたのか、自分はどこにいるかすら見失ってしまう。

通ってきた道も、瞬時に吹雪が掻き消す。

ダンジョンが弱々しい人間で遊んでいるかのように、攻略者はダンジョンの猛威に翻弄される。

少しでも落ち着こうと、慌てまいとその場に立ち止まれば最後……風の音と雪に隠れ、攻略者に近づいてくるは純白の死神たち。

地獄の環境で生き残るハンターたちが、虎視眈々とその命を狙っているのだ。動く足を止めれば、チャンスとばかりにその爪を、牙を、能力を振るわれる。

どれだけの人間が、肉塊に変えられただろうか。

しかし、純白の景観が損なわれることはない。飛び散る血は凍り、雪に埋もれ、肉体や臓物は純白の死神たちの腹の中へ。断末魔の叫びは吹雪が掻き消して。

この地は、地獄である。

ここは——北海道ダンジョン。

北海道〝全域〟がダンジョン化してしまった、超大型ダンジョンのひとつである。

出現した地域に環境変化をもたらすダンジョンであり、出現から1年。いまだ、〝ダンジョンの入口〟にすら辿り着けた者はいない。

攻略に乗り出す挑戦者、その全てがダンジョン発生による環境変化に対応できず、ダンジョンに挑戦する道半ばで力尽きる。

無論、超大型ダンジョンの周りに出現するモンスターは階級が高い。小型や中型のものなど比べるに値せず、大型と比べても平均階級は高い。

にもかかわらず、その魔境を……鼻歌を歌いながら〝散歩〟をするかのように歩く青年の姿があった。

その身体は学生服に包まれているから、歳の頃は15～18か。

身長は高く、がっしりとした体格で、その整った顔には微笑が浮かべられている。

爛々と眼を輝かせ、彼はひたすらに北海道ダンジョン、その中心部を目指していた。

所変わって、日本最南端。

ダンジョンの侵食は、日本列島の〝地形〟すら変形させてしまう。

その最たる例が、超大型ダンジョンのひとつである沖縄ダンジョンだ。

沖縄に出現した超大型ダンジョンは急速に侵食の手を伸ばし、鹿児島吸収にはじまり、現在は福岡までを沖縄ダンジョンが侵食している。

広大な面積に膨れ上がった沖縄ダンジョンは猛烈な〝熱〟を放つ、北海道ダンジョンと同様の環境変化型。

この沖縄ダンジョンに四季はなく、毎日、侵食により強化される過酷な太陽光と熱が、大地から〝漏れ出る〟熱と合わさり、尋常ではない暑さと熱さが攻略者を苦しめる。

流れる川も沸々と煮えたぎり、生い茂る草木さえ熱を持った灼熱地獄。

ただでさえ高難度を誇る沖縄ダンジョンであるが、追い討ちをかけるように沖縄ダンジョン特有と言える多種多様なモンスター群がさらに難易度を上げる。

確認されているだけで数百種を超えるモンスターの対策は、現状ほぼ不可能だ。

およそ人間が立ち入ることが不可能とも思えるその地にも、人間の姿があった。

北海道ダンジョンにひとり歩いていたのは15～18歳の男。

一方、沖縄ダンジョンにいたのは、薄縁の眼鏡のよく似合う知的な女性。腰まで届く長い髪を後ろで括り、ポニーテールにしている。

クールと呼べる容姿は妙齢の女性のような妖艶ささえ感じるが、その身に纏っているのは校則を忠実に守り着用された黒いセーラー服であった。

酷暑という表現すら生温い環境であっても眉ひとつ動かさず、彼女も黙々と沖縄ダンジョンの最奥を目指し歩いていく。

人類が特殊能力に目醒め、1年が過ぎた。

破壊された街を闊歩するモンスターに怯えていた人間は、特殊能力により自分たちを脅かすモンスターと互角に戦えるようになり、モンスターを己の身一つで倒せるまでに。

そんな人間が、モンスターたちが生まれ出ずるダンジョンを放置するはずがなく、攻略に乗り出すまでそう時間はかからなかった。

ある人はソロで、ある人はチームで、ある人は強大な団体を結成して。

そうやってダンジョンへ果敢に挑み、攻略を進める者たちを人はいつの間にか〝攻略者〟と呼ぶようになった。

攻略者の団体はゲームやアニメーションに倣い〝ギルド〟と命名され、今や攻略者はどこかのギルドに所属することが生き残るための最善手とされ、各地区にも複数のギルドが発足している。

中でも、ダンジョン攻略の最前線を征くギルドの名前は各地区の集会場にまで届くため、インターネットの消えた今の日本でもほぼ全ての生存者が認知しており、レベルを上げていつかはそのギルドの一員になることを目標にする攻略者は多い。

――東北地方のダンジョン攻略に勤しみ、生存者保護に力を入れるギルド『聖護区域』。

——関東を主戦場とし、安全に暮らせる人間の街を取り戻そうと闘う、日々モンスターの討伐とダンジョン攻略に心血を注ぐ『血闘師』。

——関西を根城に活動する、戦闘を好み日々狩りを楽しむ『戦闘主義者』。

現状、この三つのギルドが日本を護る要となっているといえるだろう。

もしこの三つが発足していなかったら、今ある生活圏はとうになくなっていた。

しかし、この三つのギルドをもってしても難航しているのが……大型、超大型の攻略である。

まず立ちはだかるのは、大型ダンジョンから出現する高い階級のモンスターたち。

ダンジョンの中に入ればさらに強いモンスターたちが彷徨っている。

超大型ダンジョンに関しては環境すら変えてしまう力を持っている。

いくら強力な力に目醒めた人間とて、容易に攻略できる存在ではなかった。

ゆえに、際立つ。

各ギルド、総員数百名を超える高レベルの攻略者が集っても攻略が難航する魔境に、単身で挑み、なおかつ涼やかな顔を浮かべていた、あの二人。

片や、極寒地獄を鼻歌を歌いながら。

片や、灼熱地獄を眉ひとつ動かさず。

その両方が。尋常ならざる力を持つ、その二人が。

示し合わせることもなく、偶然に。同じ言葉を呟いた。

東京にいるのか、と。

日課のレベ上げが終わり、センセーの家のリビングでは一太郎たちによる大合唱が行われていた。

「プギィ〜」

「アォ〜ン」

「ゴブォ〜」

「ガァー！」

各々武器を掲げ、気分良さげにそれらを振って歌う。

まさにお祝いムードといった感じだ。それもそのはず、宵闇烏のカーくんが進化可能レベルである44に到達したのだ！　祝、初E階級到達！

カーくんはソファーの手すりに立ち、バッササバッササと羽を広げて「やったやった」と大喜び。

それをソファーの下から見上げるように、一太郎たちが拍手で祝う。

E級到達かぁ……長いようで、あっという間だったなぁカーくん。

初めて出会ったときお前は、俺の家の前で呑気に日向ぼっこしてたね。そんで、容赦なく俺がカーくんの頭に匣水晶(カプセル)をブチ当てたんだよな。

このマヌケが！　呑気に日向ぼっこしてんじゃねぇ！　と言った記憶がある。興奮(こうふん)すると口が悪くなる、引きこもりの性(さが)だ。許してなカーくん。

「あぁ、そんなカーくんが今……！」

ステータスタブレットに輝く《進化》の文字を押して、能力を行使。

前回の進化同様、赤い光がカーくんの身体(からだ)を覆(おお)っていく。

「センセー、はじまるよ」

「はぃぃ～……！」

フンス、と鼻息荒くカーくんを見つめるセンセー。初めて見るモンスターの進化に、興奮しているのだろう。ワクワクというオノマトペがセンセーから見えてくるぜ。かくいう俺も初のE階級(ランク)モンスターの誕生に浮き足立っている。

前回の進化でも随分(ずいぶん)と様変(さまが)わりしてしまったんだ、E級ともなればさらに変わっても可笑(おか)しくはない。

光が強くなり、カーくんの身体の輪郭(りんかく)が徐々(じょじょ)に変わっていく。

「お、おおッ」

コイツ、デカイッ。

ちょうど俺の腰あたりにカーくんの頭が来そうだ。俺の身長が１７８cmだから、１m前後もある。

前が大鷲程度の大きさだったのを考えたら、倍以上に身体が大きくなっているな。

そこまで身体が成長すると次第に光は落ち着いていき、消える。

そのあとには、漆のような艶を放つ羽を広げる巨鳥が鎮座していた。

「これが、黒鳥ダリス」

猛禽類を思わせる力強い眼光。宵闇鳥の頃より遙かに純度の高い漆黒の羽根に、羽毛。

一本だった足はとうとう二本になり、鋭い爪がソファーの手すりに食い込んでいる。

改めて近づき、その大きさに驚く。今までは肩に乗せても余裕があったけど、こりゃあもう無理だな。

優しく顔を撫でると、嬉しそうに目を細めて顔を俺の手に押しつけてくる。ここは変わらないんだなぁと、少しほっこり。

「ふぁ……本当に、ぜ、全然、違う…姿に…」

息を呑み、まじまじとカーくんをいろんな角度から眺めるセンセー。

それを見たカーくんはドヤ顔で胸を張り、カッコをつける。

カッコいいカッコいいと萌美センセーに褒められて、さらにカッコいいポーズをとるカーくんに、男の子だなぁコイツ……と少し呆れながら、センセーに相手を任せて、俺は手に持っていたステータスタブレットに目を向ける。

こっちの進化も楽しみだったんだ、俺は。

・種族名　名前／黒鳥ダリス　カーくん
・性別／♂
・階級（ランク）／E
《身体的能力》
・Lv.44
・HP　2180／2180（進化時＋790）
・MP　311／311（進化時＋141）
・攻撃力＝183（進化時＋94）
・守備力＝175（進化時＋96）
・俊敏性＝465（＋50）（進化時＋200）
・攻撃魔力＝275（進化時＋154）
・支援魔力＝0
・守備魔力＝268（進化時＋136）
《特殊能力（スキル）》
・【俊敏性上昇・Lv.3】↑UP！

・【擬態（ぎたい）・夜】
・【夜の眼】↓【怪鳥の眼】NEW！
・【怪鳴（モストロ・クライ）】NEW！
・【初級魔法・風】Lv.MAX↓Lv.6↑！
・【シューティング・クロウ】（Lv.46に到達で取得）
・【初級魔法・影】（Lv.48に到達で取得）
・【俊敏性上昇・Lv.4】（Lv.54に到達で取得）
《装備》
・なし
《レベルアップ必要経験値》
・0／5350
《進化》
・Lv.54到達＝黒怪鳥アンダリス／階級（ランク）E↓D
・Lv.54到達／俊敏性500以上／攻撃魔力350以上＝麗鳥ラフーラ／階級（ランク）E↓E＋
・Lv.64到達／俊敏性1200以上／攻撃魔力880以上／【初級魔法・風】Lv.9以上
＝風鳥シルフE↓C

「うわぁ」

思わず声が出てもうたわ。全部のステータス爆伸びしてるんだが。

Ｇ級からＦ級に進化した時は、大体20～30くらいしか進化時のステータスアップはなかったよな。

今回、最低でも１００近くのステータスアップ。ＨＰとか７９０も上がってやがる。

嬉しいことに、進化をさせる前に取得させておいた【俊敏性上昇・Ｌｖ.２】も進化に伴いＬｖ.３へ昇格している。

やっぱり、進化をすれば覚えている特殊能力はワンランクアップすると考えていいな。

【初級魔法・風】はＬｖ.５がＭＡＸ値だったけど、さらに上がるようになるのか。簡単に中級にはさせてくれないってわけね。理解。

レベルアップで覚える特殊能力も進化をする度に増えてるし、やっぱひとつ階級が上がるだけで全く別物だなぁ。

俺の能力でステータスも底上げしてるから野生の、特にダンジョンの外を出歩いてる同階級のモンスターと比べれば強いといっても、野生のＥ級もこれに近いステータスではあるだろう。

そりゃあ、階級がひとつ違えば強さは別格とか言われるわけだわ。

Ｆ級からＥ級でこれだ。これがＤなりＣになれば、どうなっちまうんだか。

「そのD級とC級すら、もう進化の視野に入ってきてるんだけどな」

まさかまさか、だ。D級とD+級とかが進化先にあるとは思っていたけど、C級の進化先が現れるのは想像もしてなかったぞ。

C級。現状、確認されているモンスターの〝最高階級〟。

C級が最高階級な理由は、単純に〝見つかっていない〟かららしい。想定されるA級やB級の脅威に該当するモンスターが発見されていない。

じゃあ、今見つかってるモンスターだけでA級B級を決めりゃあいいのにと思うが、危険度を示す階級だから厳しくつけてるのかもしれないな。

だから攻略者の間では、このC級が事実上の最高階級ということになっている。

一時期、なぜC級以上のモンスターを1匹も確認できないのか、という話が巷で流行っていた。

その中で有力視されていた一説は、強いモンスターはダンジョンの外に出てこない。つまり、まだ見ぬ高階級のモンスターはダンジョンのさらに深層、しかも超大型の深層に潜んでいるんだという話だった。

まぁ、確かに。一理ある。

俺もそうじゃないかなぁと思ってる派だ。でもひとつ、背筋がゾクリとする話がある。

その話の内容は実際のところ、B級以上に該当するモンスターに遭遇した人間はいるだろうという話だ。

なら、なぜその情報が出回らないか？　それは——遭遇したら最後、そのモンスターに殺されるからだ。

死んだ人間は情報を持ち帰ることはできない。見つかっていないから、いないというのは早計だと。

色々とそれらしい話が続き、最後の締め括り(くく)として語られるのが、人間が遭遇しても生きて帰れるモンスターの階級(ランク)はCが限界、ということ。

その話を聞いた時は、俺の住むこの街のどこかにそんなモンスターがいるのかもしれないと震えたものだ。

だが今、俺は別の意味で身体を震わせている。

俺は、そのB級へ手を伸ばせば届く距離にまで来れているということに震えているんだッ。

少なくともD級への進化はほぼ確定。C級への進化条件はかなり高いが、ゴリゴリに特殊能力(スキル)でステータスを盛れば達成できない数値じゃなくなってきた。

勿論(もちろん)、魔獣結晶の消費はかなりするだろうが……その魔獣結晶を集めるのに、おあつらえ向きな場所がすぐ近くにあるでしょうよ。

そう——上板橋(かみいたばし)ダンジョン。

もうじき他の面子(メンツ)も進化が可能になる。盤石(ばんじゃく)も盤石。中型の上板橋ダンジョンなら油断さえしなければ充分に戦える戦力のはず。

「狙うか。ダンジョン攻略に、C級への道……ん？」

最高潮に達するやる気と興奮に燃えながら、タブレットを消そうとしたらタブレットに通知が。

これは……【モンスターマスター】の能力レベルが2に上がった時に来た……まさかッ!?

急いで自分のステータスを開き、確かめる。

・名前／暗内 智
・年齢 性別／22歳 男
《身体的能力》
・Lv.20
・HP 1990／1990
・MP 0
・攻撃力＝32
・守備力＝20
・俊敏性＝38（＋5）
・攻撃魔力＝0

・支援魔力＝０
・守備魔力＝35
《特殊能力(スキル)》
・【モンスターマスター】Ｌｖ.３↑ＵＰ！
・【鑑定眼】Ｌｖ.１
・【逃げ足】Ｌｖ.ＭＡＸ
《装備》
・なし
《アイテム》
・69／100

おぉっ！　やっぱり、【モンスターマスター】のレベルが上がってる！

【モンスターマスター】の文字だけチカチカと点滅を繰り返しており、その文字をタップする。

瞬時に画面が切り変わり、そこにはレベルアップによって変わった仕様(しよう)が書かれていた。

【モンスターの育成値、及び能力使用による熟練度の上昇を確認したため、特殊能力(スキル)・モンスターマスターのレベルを上昇させました】

おうおう、Ｌｖ.２に上がった時と同じ文面だ。随分久しぶりのレベルアップに、心臓が高鳴る。

こちとらさっきもカーくんの進化で心臓に負担かかってるのに、このままじゃ血圧上がりすぎて倒れちまうよっ！　このこの～、俺を殺す気か!?

前回のレベルアップの時には《上級匣水晶作製》の能力が使用可能になった。

今回はなんの能力が使えるようになるんだ？

タブレットをスクロールして、新たに解放された【モンスターマスター】の能力を確認する。

・初期能力・【育む者】を【育む者＋】へランクアップ　NEW!

・（能力Ｌv.３到達解放）

捕獲モンスターのレベルアップ必要経験値をさらに減少。レベルアップ時のステータス上昇値にさらなるプラス補正。

魔獣結晶と引き換えに交換できる特殊能力の種類が増加しました。

ええ……（ドン引き）。こ、これ以上強くなるの？　この特殊能力。

も、もっとレベルが上がりやすくなって、ステータスが上がる？

現時点でも破格の特殊能力が、さらに強くなった件について。これが俗に言うチートですか？　しかもサラっと魔獣結晶と交換できる特殊能力の種類増えてっし。

できることが一気に増えて、今日は良い日だなぁと鼻の下を伸ばしつつ、タブレットを操作して《特殊能力交換習得》の項目に画面を切り替える。

【モンスターマスター】の詳細が消えて、代わりに交換が可能な特殊能力の一覧に変わる。

前から交換できていたものは省いて、新たに交換可能になった能力にだけ目を通そう。

・――――……。
・――――……。
・【生命力上昇・Lv.2】＝要求結晶／〇〇の魔獣結晶（小）×25
・【防御力上昇・Lv.2】＝要求結晶／〇〇の魔獣結晶（小）×25
・【攻撃力上昇・Lv.2】＝要求結晶／〇〇の魔獣結晶（小）×25
《身体能力上昇系能力》

・【攻撃力上昇・Lv.4】＝要求結晶／〇〇の魔獣結晶（中）×5
・【防御力上昇・Lv.4】＝要求結晶／〇〇の魔獣結晶（中）×5
・【生命力上昇・Lv.4】＝要求結晶／〇〇の魔獣結晶（中）×7
《魔法系統能力》
・【初級魔法・聖】Lv.1＝要求結晶／〇〇の魔獣結晶（小）×15
・【初級魔法・影】Lv.1＝要求結晶／〇〇の魔獣結晶（小）×15

・【初級魔法・雷】Lv.1＝要求結晶／〇〇の魔獣結晶（小）×18
・――――……。
・【中級魔法・炎】Lv.1＝要求結晶／〇〇の魔獣結晶（中）×13
・【中級魔法・水】Lv.1＝要求結晶／〇〇の魔獣結晶（中）×13

《耐性系能力》
・【物理属性耐性Lv.1】＝要求結晶／〇〇の魔獣結晶（中）×3
・【斬属性耐性Lv.1】＝要求結晶／〇〇の魔獣結晶（中）×3

お～ん……。マジで増えてる。耐性系とか、別カテゴリーの特殊能力も取れるようになってるわ。

これは……良いな。是非とも取得したい能力ばかりだ。

ただ、（中）クラスの魔獣結晶なんて1年間モンスター倒し続けたけど、見たことないんだよなぁ。せいぜい（小）、基本は（微小）しか手に入らん。

せっかく交換可能な特殊能力が増えたんだ、これからの育成は特殊能力の取得も積極的に取り入れて育成したい。

匣水晶(カプセル)はダンジョン攻略用に大量に用意したから、これからは特殊能力(スキル)交換に魔獣結晶は充(あ)てるとして、より上位の魔獣結晶を狙う理由もできたし、やはりそろそろか。

C級への道、魔獣結晶集め。パーティもLv.40超えが10体。そしてどんなモンスターも捕獲(テイム)できる俺。せっかくのダンジョン攻略だ、センセーも引きずっていこう。

チラリと、カーくんたちと戯(たわむ)れるセンセーに目を向ける。

レベルは26と少し低くはあるが……遠距離支援型のセンセーは近接戦闘よりモンスターに狙われる危険性は少ない。側(そば)にはもうじき進化できるボタンちゃんに猪助(ちょうすけ)が控(ひか)えているから、いざという時も安心だ。

そもそもLv.20の俺が挑(いど)もうとしてるんだから、なんとかなるだろ。

流石(さすが)に一回の挑戦でクリアしてやろうとか思ってないし。

「試しに挑んじゃいますかぁ。ねぇ？　センセー」

「へ、え？　な、っ、なに、なにがっ、です？」

怪(あや)しい笑みを浮かべて見つめ続けるだけの俺に、オドオドしながらも「え、えへ？」と口角(こうかく)を引くつかせ、歪(ゆが)んだ笑顔を返してくれるセンセー。

「うんうん、やっぱセンセーも一緒に行きたいよな（強制）」

全員がE級への進化をしてから、殴り込みに行こう。なんの話をされているのかわからず、オロオロしている先生を横目にそう決め込んでから――

——6日後。

暗い空を月が照らす、深夜0時。上板橋ダンジョンの入口に、俺たちは立っていた。

上板橋ダンジョンは、地下深くに続く穴型のダンジョン。

遠くから見れば街の一角に巨大な風穴が空いているように見えるが、近くに寄ってみればよくわかる。

〝穴〟とは言っても、垂直に地下深くへ続くようなモノじゃない。

穴の壁面は傾斜になっていて、先がずっと続いている。

上板橋ダンジョンは穴型というイメージが先行して、壁面をロッククライミングしなくちゃいけないのかと最初は思っていたけど、実際に見てみればなんてことはない。要は普通より角度のある坂道だ。

登るのは苦労するだろうが、降りるのには全く苦労しないだろう。

「いよいよ、ダンジョン攻略……！」

「うう……な、なな、なんか、か、風が……」

穴の奥から、生温い風が舐めるように肌を撫でる。

ダンジョンからのいやらしい挨拶だ。逆に身が引き締まるってもんよ。

「ま、戦うのは俺じゃあないいんだけどね」

隣に立つボタンちゃんの〝黒い体毛に覆われた〟太い二の腕を「頼むぞ」という意味を込め

ポンポンと叩く。

そうすると、ボタンちゃんの腕の筋肉が膨れ上がる。任せろってか？　頼もしい限りだ。

〝ハイ・オークに進化したから〟か、前以上に頼り甲斐がある。

以前は安っぽい赤茶の体毛だったのが、進化を機に硬質で威圧感のある黒色に生え変わった。

俺たちを囲む、いつものメンバーもすっかり様変わりしている。

一太郎たちはゴブリン・エリートからゴブリン・ジェネラルに。

ヨシコたちはコボルト・ウォーリアーからワーウルフへ。

E＋級進化のために数体は進化させずにレベ上げを続行させようと思っていたが、カーくんが進化した時にE＋の進化先は残っていたのを確認したから、戦力増強を優先として全員E級に進化させた。

もう壮観というか、圧が凄い。進化するごとにデカくなりやがるコイツら。

ゴブリン・ジェネラルは俺より少し背が低いから170cmくらいだろうが、ガタイはゴブリン・エリートの比じゃない。ゴリゴリだ。

それでも単体の力はE級にしては弱い。ゴブリンとは群での連携で能力を発揮するモンスターだから、仕方ない。

進化をしたことで、その連携にも磨きがかかっている。

ワーウルフは、もうコボルトの小型犬らしい可愛さとかそういう面影はまったく残っていない。

俺よりデカいから１８０は優に超えているだろう。

ウルフというだけあり、狼の顔に人型の身体。

強さとしなやかさを兼ね備えた超一級の肉体。

チームとして活動できる10体のE級。ほぼ全員が近接戦闘という偏りがあるけど、まぁしょうがない。

いずれは支援、中距離、遠距離と潤わせていこう。

「ダンジョンの中にいてくれるのが手っ取り早いんだけどな」

ダンジョン攻略用に用意した匣水晶。その数40。ダンジョンボス捕獲用に、数少ないが黄色匣水晶も2個用意してある。これはボスを弱らせてから使いたい。

そして複数個の回復用ポーション、状態異常緩和の薬用ポーション。あとは懐中電灯を数個。と、その電池。

ダンジョン攻略にあたり、使えそうな物はセンセーの能力で集めてある。

センセーの能力で、半径７５０ｍ以内にアイテムを所持した人間がいないことも把握済み。

今なら人に見られず、攻略を進められる。

「……よ～し、やり残しはない。行くぞ、お前らっ」

深夜なので声はあまり上げず、各々手を掲げるなどして反応してくれる。

すぐさま俺はヨシコの背にしがみつき、センセーはボタンちゃんの腕に抱えられて、ダンジョンの傾斜を降りはじめた。

俺たちの静かなダンジョン攻略が、とうとう幕を開けたのだ。

「……まだ続くか」

上板橋ダンジョンに足を踏み入れて、急勾配（こうばい）の坂を降り5分程が経過しただろうか。

月明かりがなくなり視界が真っ暗になったので、懐中電灯の光だけを頼りに進んでいるが、一向に状況は変わらない。

モンスターも出てこず、ただただ坂を駆け降りている時間が続いてるのが現状だ。

「ヨシコ、足に負担は？」

俺の問いに力強く顔を横に振るヨシコ。軽快な足取りは変わらず、なんの問題もないと言いたげだ。

コボルトの時は俺が抱える側だったのに。

娘の成長を感じて少し寂（さび）しくなる父のような気分だよ、俺。

「ぁ、さ、智さん……！」

「ん？　……おっ！」

ヨシコの首筋の体毛に顔を埋めていると、センセーからの声。

なんだと顔を上げると、進行方向の少し先から明るくなっている。

不思議な光景だ。ある一線を境に壁自体が淡く発光して、その空間だけが真昼のように明るい。

そしてこの発光の境から徐々に壁面の幅が狭(せば)まってきている。

今までは外観の穴の幅そのままに広い空間が続いていたが、今はその半分くらいに狭まったか？　入口が広かっただけに、ずいぶん窮屈(きゅうくつ)になったように感じる。

「広かったら逃げ場所が増えてしまうから、みたいな感じか？」

そんな俺の言葉に返事をするように、壁の横穴から4体のオークが飛び出してきた。

突然の急襲(きゅうしゅう)に俺はビビるが、一太郎たちは既(すで)に戦闘態勢を整え、迎撃(げいげき)を開始。

4体のオークは武器を持っておらず、素手(すで)で一太郎たちに掴(つか)みかかるが、飛んで火に入る夏の虫だ。

都合よく一太郎たちに〝誘い込まれた〟1匹のオークは、ゴブリン・ジェネラルの特殊能力(スキル)【同胞激励(トライブ・バッシュ)】によりバフがかかった一太郎たちにより瞬殺。

【同胞激励(トライブ・バッシュ)】は仲間のゴブリン種にバフをかける能力。流石は将軍(ジェネラル)。それっぽい能力だ。

一太郎たちがオークを瞬殺し、次の獲物(えもの)に手をかける中、ゴンザレスたちワーウルフ組もオークを倒していた。

首が胴体から切り離されたオークの身体が、ちょうど魔獣結晶に変わったところが目に入ってくる。

コボルト・ウォーリアーの時からだが、ワーウルフになったことでさらに攻撃力に磨きがかかった。

ワーウルフは素手での格闘を好むらしく、【徒手空拳】という特殊能力を新たに覚えた。

武器を装備せず、素手の時に攻撃力を底上げする特殊能力だ。

でもワーウルフには鋭い牙に鉤爪があるから、言ってしまえばアレが武器。

なのに攻撃力底上げっていうんだから少しズルい。

見ろよ。その爪に喉を引き裂かれ、底上げされた攻撃力で頭が飛ばされるあのオーク。

瞬く間ってこういう時に使うんだろうな。

急襲とは言ったが、終わってみればこちら側の蹂躙に終わった。

センセーもボタンちゃんの腕の中で弓を構えていたが、打つ隙もなかったな。

一太郎たちが回収してくれた魔獣結晶を受け取ると、魔獣結晶（小）が2つ混じっていた。

外でのレベ上げなら、（小）クラスの魔獣結晶なんて1日に1、2個くらいしか取れないのに。

やっぱり、ダンジョンのモンスターはレベルが高いな。

どういう条件で大中小と分かれてるのか正確には知らないけど、おおよそモンスターの階級とレベルに関係しているとは思っている。

ダンジョンのモンスターは外に出現するモンスターと比べて強い。つまり、レベルが高い。

センセーの能力で上板橋ダンジョンの中で拾えるアイテムを探ってもらった時に、魔獣結晶（小）が多かったから気づいた。

だから、もっと奥に進んで行けば魔獣結晶（中）も確保できるのでは？　と考えている。

奥へ奥へ進んで行けば行くほどに厳しくなるのがダンジョンらしいし。

最悪、進めるだけ進んで距離を稼ぎ、センセーの特殊能力でアイテムだけ確保して帰るのもアリだからな。

「ムフフ、先が楽し……む！　みんな、ワイルドボアだ！　避けろ！」

オークたちを倒したのも束の間、すぐさま2体のワイルドボアがダンジョンの奥から俺たち目がけて突進してきていた。

モンスターの攻撃に次ぐ攻撃。ダンジョン攻略が始まったのだと、ヒリつくな！

ただ油断はするなよ、俺。楽しくなっても、ヘラヘラしていても判断を誤るな。

俺が間違えば、全員を巻き込むことになるんだぞ。

「ふぅ～、結構進めたな」

腕時計を確認すると、長針は12を少し過ぎて、短針は1を指し示していた。

上板橋ダンジョンに足を踏み入れて、もう1時間が経過したってわけだ。

幸い大きな怪我もなく、ダンジョンの奥地へと俺たちは進めている。

中型のダンジョンがどれほどの大きさかわからないから、俺たちが今どの辺りにいるのか全くピンと来てはいない。

まだまだ序盤なのか、既にダンジョンの奥地に入っているのか否か。

ダンジョン内で出てくるモンスターも強くなってきてはいるが、まだまだこのパーティのキャパシティを超えていない。余裕で戦えるレベルだ。

てことは、最奥まではまだまだ遠いということだろう。

「中型でここまで広いのか」

警戒しつつと言っても、俺たちの歩幅で1時間だぞ。もう6、7㎞はこのダンジョンを進んでいるはず。

中型だからと侮りはしていなかったけど、ここまで歩いても最奥の影すら見えないか。

出てくるモンスターもダンジョン外と変わりない。少しレベルが高いのか、ほんのり強くなってるなぁ程度の違いしかない。

「モンスターの種類が変わらない……俺たちが道間違えてる説あるか？」

ダンジョンというだけあり、横穴や分かれ道は多数あった。

迷って同じところを歩いてるかとも思ったが、こっちには鼻の利くワーウルフとハイ・オークがいる。

同じ所を通ればその臭(にお)いでわかるだろう。ヨシコたちが何も言ってこないから、ちゃんと進めてはいるんだろう。

てことはこの変化のない景色、変化のない敵モンスターたちとまだ戦わなきゃならんのか？

想像してたダンジョン攻略と違うなーと少しげんなりしていると、センセーが声を上げる。

「さ、智(さとし)さん……！」

「おぉっ。びっくりした、何。どしたセンセー」

「す、特殊能力(スキル)で、と、盗品リストを、見てたんです、けど……こ、この先から、ガラッと変わります……！　ま、魔獣、結晶（中）も、いくつか……！　ご、５００m程先に、その、魔獣結晶があります」

「マジで!?　じゃあ、その５００m先辺りがダンジョン奥地の境界線ってことか！　おいおい、お前ら、気合い入れろよ。魔獣結晶の（中）ってことは、今までとは階級(ランク)が変わるぞ。センセー、指示を頼む」

「は、はぃぃ……」

センセーにアイテムまでの方向を指示してもらうこと数分。

肌(はだ)で感じ取れるほど、場の空気が変わった。

ヒンヤリとした空気に、ピリピリと痺(しび)れる肌。思わずゴクリと音を立てて唾(つば)を飲み込む。

「センセー、アイテムまでの距離は？」

「え、えと……も、もう50mもな、ないです」

「じゃあ、やっぱり境界線だったんだ。ようやく到達できたのか、上板橋ダンジョンの奥地に」

探索すること1時間と少し。ようやくか。

タブレットにしまっておいた匣水晶を3つほど取り出しておいて、いつでも投げられるようにしておこう。

一太郎たちも緊張の面持ちで、手に持つ武器をユラユラと揺らしている。

「センセー」

「は、はぃっ。ゆ、弓、構え、てますっ」

「流石」

弓を構えておいたほうが、って言おうとしたらその手には矢を番えた弓を既に構えていた。

この場の空気に当てられ、いつもより震えてはいるけど顔は凛々しい。

ゴブリン相手にビビる、萌美優理の姿はもうそこにはなかった。

こんな時でも弓を構えられるようになったセンセーに感動しているのも束の間、ヨシコが
「グルル……！」と唸り敵の接近を知らせてくれた。

全員が臨戦態勢をとり、ボタンちゃんは俺とセンセーを守れるように構える。

「ガウッッ！」

天井を睨み、吠えるゴンザレス。

急いで目を天井へ向けると——

「シャアアァッ！」

——天井から俺たちを見下ろしていたのは、紫色の鱗に黒という毒々しい縞模様の大蛇だった。

大蛇といっても、動物園で飼育されている蛇とは格が違う。

その3、4倍はあるであろう身体のデカさ、太さも桁違い。

口を大きく開き、鋭い2本の牙から半透明の液が垂れている。

「間違いなく毒だッ！　液にも触れるな！　捕まえるから殺すつもりじゃなくていい、ヒットアンドウェイでちょっかいだけかけろ！　センセーと俺はもっと離れるぞ！」

「は、はぃ！」

大蛇から目を離さず、ジリジリと距離を離していく。

蛇が噛みつく速度は異常だ。あの巨体で多少トロそうであっても、たかだか数m程度じゃ全く安心できない。

人間の味を知っているのか、俺とセンセーから視線を外さず、執拗に注意を向けてくる。

バカ、その隙を見逃すほど俺のパーティは甘くないぞッ！

ワーウルフのヨシコは俊敏性を活かして壁を蹴ることで勢いをつけて飛び上がり、大蛇の横

っ面めがけてその拳を叩き込む！

「ッッ!?」

鈍い音を立て頭を弾かれた大蛇は衝撃に驚いたのか、天井からずり落ちてきた。

これが外のモンスターならリンチして終わりなんだが、やはりダンジョンモンスター。

落ちてから体勢を立て直すまでが早く、一太郎たちが攻め込む前にとぐろを巻き、牙を剝いて威嚇してくる。

とぐろを巻いている状態で、一太郎たちより頭の位置が高い。かなりデカいな、あの蛇。

その巨体でさえ脅威なのに、鋭い牙を向けながら太い尻尾も鞭のようにしならせて空を切っている。

アレの直撃は、ゴブリン種ゆえに素のステータスが低い一太郎たちにはキツイ。

お互いが攻めあぐねる膠着状態——になると思ったか？　こっちには空から魔法を撃てる奴がいるんだよ！

「カーくん！」

「ガァァッ！」

俺の頭上をホバリングしていたカーくんは勢いよく飛び出すと、その翼に緑色の淡い光を纏わせる。

流石に空中を舞う鳥には狙いをつけづらいのか、大蛇は視線をキョロキョロと泳がせていた。

「ガァ！」

大蛇の上をすれ違う時、翼を大きく羽ばたかせて翼に纏った緑光を叩きつける。

あれは【初級魔法・風】Ｌｖ.５で覚えるウインドブレイクという、斬属性の風の塊を叩きつける攻撃魔法だ。

初級というだけありダメージはさほど期待できないけど、大蛇のヘイトを稼ぐには充分。

カーくんに狙いを定めた大蛇の懐に上手く潜り込んだゴブリン隊は、新たに手に入れた武器である大鉈をデタラメに振り回し傷を作り、血を大量に流させる。

「そうだ！　傷を作って血を流させ――ッ！　下がれぇ！」

「シャアラララッ！」

鬱陶しい！　と言わんばかりの咆哮を上げながら、大蛇は一太郎たちに大口を開けて襲いかかる。

「ブルァァアアッッ！」

「ッツッ!?」

しかし、一太郎たちに攻撃した隙を猪助は見逃さなかった。

お馴染みの武器である道路標識を両手で大きく振りかぶり、ホームランバッターの如き一振りで大蛇の頭を一撃。

どうだ、これが俺のパーティだ。

誰かにヘイトを向けたが最後、その隙を突き誰かしらがデカい一撃をブチ込むって作戦よ！

グラリと頭を揺らす大蛇に、俺の目がキラリと光る。

ポケットから匣水晶(カプセル)をすぐに取り出し、

「みんな、下がれ！　ソイツに一発かますからよぉ！」

俺の強肩が唸(うな)る！　ブオンッッと空気を裂きながら振るわれる俺の腕から、150㎞/hを超える匣水晶(カプセル)が投げられた。

「ジャッ」

コンッという間抜(まぬ)けな音が大蛇の眉間(みけん)から鳴る。と同時、匣水晶(カプセル)から放たれる光が大蛇の身体を瞬時に覆(おお)い尽くし、水晶の中へとその巨体を吸収する。

大蛇を吸収した匣水晶(カプセル)は地面に落ち、激しく揺れ動くが……数秒もすると観念したのか、動くことをやめた。

「……捕獲(テイム)、完了～」

「す、凄(すご)い……」

「センセーは捕獲(テイム)の瞬間を見るの初めてだもんな。どうよ。本当に捕まえられるだろ」

匣水晶(カプセル)のもとに歩み寄り、付いた砂埃(すなぼこり)を払って手に取る。

「毒ありってのもあって、なかなか手強(てごわ)かったな」

奥地に入り、すぐさま襲いかかってきたダンジョンの洗礼。

モンスターの階級が突然跳ね上がった。

確かに、この奥にはこのレベルのモンスターがウヨウヨいるのだと思うと、普通なら進むのを躊躇ってしまうな。

ゲームじゃない。死んだら終わり。慎重に慎重に攻略を重ねていくのも頷ける。

本来なら一太郎たちの立ち位置は俺が立つ場所であり、襲いくるモンスターと戦闘を重ねることで消耗し、状況は過酷さを増していくのだから。

だが、俺にはそれがない。

脅威であるモンスターは、心強い仲間と同義。

見ての通り、普通に戦えばまだまだ時間がかかりそうだった大蛇は今や俺の手の中。

見るからに毒持ち。状態異常を与えられるモンスター。

間違いなくこれからのダンジョン攻略に貢献してくれるだろう。

「すまん、コイツのステータス確かめるから周囲の警戒頼む」

いそいそとステータスタブレットを取り出し、捕獲モンスターのステータス一覧を……あった！

「怪蛇パイソンベイ……コイツだ！」

新たに仲間になったコイツのステータスをタブレットに映し出す。

・種族名　名前／怪蛇パイソンベイ　未名
・性別／♂
・階級／Ｅ
《身体的能力》
・Ｌｖ.41
・ＨＰ　２５５５／３０５０（状態異常・脳震盪）
・ＭＰ　０／０
・攻撃力＝３８０（＋30）
・守備力＝２７８
・俊敏性＝２９０（＋20）
・攻撃魔力＝０
・支援魔力＝０
・守備魔力＝２６０
《特殊能力》
・【毒噛・麻痺（遅効）】
・【とぐろ撃ち】
・【攻撃力上昇・Ｌｖ.３】

・【俊敏性上昇・Lv.2】
・【毒噛・麻痺（速攻・軽度）】（Lv.46に到達で取得）
・【攻撃力上昇・Lv.4】（Lv.50に到達で取得）
・【毒噛・酸性】（Lv.54に到達で取得）
《装備》
・なし
《レベルアップ必要経験値》
・2860／5400
《進化》
・Lv.54到達＝大怪蛇ヴェノ／階級(ランク)E→D
・Lv.54到達＝俊敏性600以上／攻撃力600以上＝毒蜥蜴(ポイズン・リザード)／階級(ランク)E→D
・Lv.65到達＝攻撃力1200以上／守備力900以上／150体のモンスターに毒状態を付与(ふよ)させる＝双頭毒蛇リドム／階級(ランク)E→C

強っ。E級かよコイツ。

センセーが魔獣結晶（中）がいくつか落ちてるって言ってたのは、E級のモンスターが死んだ結果か。

E級が（中）クラスの魔獣結晶を落とすなら、外のモンスターをいくら倒しても手に入らないわけだ。

うわぁ、E級のモンスターは仲間にもしたいけど魔獣結晶も回収したい。

どれくらいE級のモンスターとエンカウントできるかが問題だな。

俺の育成補正がなくてもこの優秀なステータスだ。

あと数体は仲間に加えたい、が。帰りの時間を考えると、探索の時間はあまり残っていない。

ヨシコたちにモンスターの匂いがする方へ行ってもらい、もう一体くらいE級を捕まえて、今日はそれで終わりにしよう。

「よし、待たせた！　ヨシコ、ゴンザレス、六郎。今からはモンスターがいる方へ積極的に進んでくれ。あともう一体ほど強いモンスターを捕獲して、夜が明ける前に帰ろう」

地平線の向こうから頭を覗かせる太陽を背に、俺たちは上板橋ダンジョンからの帰路についていた。

モンスターの警戒もしなくてよかったし、来た時の匂いがあって、道も迷わずに突っ走れるから、予想よりも早く帰ってこれたな。

ヨシコたちの足の速さも流石。今のヨシコたちの俊敏性は３００を超えているから、奥地のモンスターでない限り追いつけない。

次にダンジョンへ行く時は帰りにかかる時間を少なく見積もっても大丈夫かもな。

「ふぅ……とりあえず、初めてのダンジョン挑戦は成功って感じだな」

朝特有のひんやりとした空気に肌を冷やされ、一息。

新しい仲間も増え、戦利品も充分。アイテム集めの要となってくれた萌美センセーは初ダンジョンの疲れからか、ゴンザレスに背負われ爆睡中だ。

ヨダレを垂らされてるゴンザレスが複雑そうな顔を浮かべている。

「まぁ、コイツらの背中が今は一番安全だからな」

センセーを起こさないよう、静かに駆けるヨシコたち。

流石に俺も眠くなってきたな……あとは頼んだ、ヨシコ。

遠くなる意識の中、微かに「ワン」という返事が聞こえた気がしたが睡魔には勝てず、ヨシコの首周りのモフモフに埋もれ眠りについた。

◇◆◇◆◇◆◇◆

旧港区に、太陽の光は届かない。

超大型である東京タワーダンジョンの侵食(しんしょく)は中型や大型の侵食の比ではなく、東京タワーのみならず港区の近辺区、渋谷(しぶや)や新宿(しんじゅく)までその魔の手を伸ばしている。

すでにそこは日本ではない、異世界の様相に変わり果てていた。

空では鼠色(ねずみいろ)の分厚い雲がゴロゴロと雷(かみなり)を光らせ、突然の豪雨を降らせたかと思うと数秒後には雪が降り、その数秒後には酸の雨に変わる。

都心を下敷きに栄える自然の大国は、日々その境界を広げている。

その侵食を防ごうと関東で活動するギルド『血闘師(ブラドデウス)』の面々は、今日も東京タワーダンジョンに挑(いど)もうとしていた。

「漆原(うるしはら)！　四角黒天馬(クアドラ・バイコルス)がそっちに行ったたっ！　湯川(ゆかわ)を守ってくれ！　湯川は前線に支援バフを！　魔法班ッ！　前方にE級モンスターの群れ、数20！　炎と雷で行動範囲を狭(せば)めるんだッ！　怪我人(けがにん)はすぐに――」

樹海に呑(の)まれた都市の中で、数十人の『血闘師(ブラドデウス)』のギルドメンバーたちが、数十体のモンスターの群れを相手に激戦を繰り広げている。

その群れを引き連れ現れたのは、漆黒(しっこく)の体躯(たいく)に紫色の淡い光を放つ四本の角(つの)を持った馬型のモンスター、四角黒天馬(クアドラ・バイコルス)。D＋級の強敵である。

その強敵が率(ひき)いるE級を中心に、複数体のD級で構成された群れを相手に、一歩も引かない『血闘師(ブラドデウス)』の面々も流石(さすが)は最前線で戦い続ける攻略者たち。

『血闘師（ブラドデウス）』のメンバーに指令を出しているのは『血闘師（ブラドデウス）』幹部、速見寿久（はやみとしひさ）。

頭髪にちらほら白髪（しらが）が目立つ、30代前半の男性だ。

既婚者であり子宝にも恵まれ、理想の結婚生活を歩んでいた……が、ダンジョンの出現により彼は愛する家族を奪われてしまう。

だからこそ、彼は全力でダンジョンに挑む。

『血闘師（ブラドデウス）』に所属するものは、ダンジョンを恨（うら）む者が多い。それほど、ダンジョンとモンスターは多くのものを奪ったのだ。

ゆえに、彼らがモンスターと戦う時の殺気と気合いは他の攻略者と一線を画（かく）する。

刺し違えてでも殺す。そんな自爆覚悟の信念のもと戦う彼らを止められるモンスターは——

残念ながら、四角黒天馬（クアドラ・バイコルス）が率いるモンスターの群れにはいなかったらしい。

その黒き天馬も含めて。

「黒天馬（バイコルス）を殺したぞぉ！」

敵の首魁（しゅかい）とも言える存在を討伐（とうばつ）したことで、『血闘師（ブラドデウス）』たちの士気は最高潮に達していた。

その流れで『血闘師（ブラドデウス）』のメンバーは、数十体というモンスターの群れを相手に大きな損害（そんがい）もなく勝ちきる。

が、決して全くの無傷とはいかない。敵はD級も混ざるモンスターの群れ。複数名は軽くはない傷を負ってしまった。

「速見さん、これ以上は……」

速見のもとへ駆け寄るのは、一人の女子学生だ。背は高く、凛(りん)とした雰囲気(ふんいき)漂う大和撫子(やまとなでしこ)のような美しさを持っている。

「湯川か……くそ、またここまでかっ」

現時刻は16時。これ以上、この樹海の中に入ればより活発になるモンスター群に蹂躙(じゅうりん)されるだろう。

戦いにすらならないのに、挑むほど馬鹿(ばか)ではない。

それがわかっているからこそ、速見という男はより悔(くや)しがる。

彼ら『血闘師(ブラドデウス)』は、いまだ東京タワーダンジョンに辿(たど)り着けたことがない。

東京タワーのあった港区すらも。延々(えんえん)と、東京タワーダンジョンの侵食により生まれた東京大樹海と呼ばれるエリアに足止めを食らってしまい、攻略と言ってはいるが……そのスタートラインにすら立たせてもらえない、というのが現状である。

東京大樹海。場所で言うなら新宿と渋谷の境目辺(あた)りだろうか。

そこへ広がるのは魔境。推測(すいそく)のできない瞬(また)く間の環境変化に、強力なモンスター群。東京大樹海の特徴は多種族のモンスター同士が群れをなして襲(おそ)いかかってくるところにある。

いかにダンジョン攻略を重ねてきた戦士であろうと、連携の取れるモンスターは脅威(きょうい)だ。

たとえ格下であろうと、喉元(のどもと)を抉(えぐ)られる可能性は大いにあるのだから。

『血闘師(ブラドデウス)』たちは、そのモンスター群の壁を越えられずにいた。

「……怪我人の治療が終わり次第(しだい)、戻ろう」

「はい」

頷(うなず)き、速見のもとから離れる湯川。

それを見送ると、速見は腕を組んで考え込む。

「……くそ」

焦燥(しょうそう)感を募(つの)らせ、苛立(いらだ)たしげに頭を強く掻(か)きむしる。

彼を焦(あせ)らせるのは、この東京大樹海での足止めが続いているから……ではない。

『血闘師(ブラドデウス)』が入手した情報だが、最近〝中型ダンジョンの大型化〟が相次いでいるのだ。

1年間、ダンジョンは徐々(じょじょ)に日本を侵食している。そう、〝1年間〟である。日数ならば365日。時間にすれば8760時間。

その間、ダンジョンは休むことなく侵食し続けているのだ。

その結果が――中型ダンジョンの大型化である。

大型化すれば、もちろんダンジョンの外に出現するモンスターの階級(ランク)も変わり、周辺環境にも影響する。

だから速見は大型ダンジョンの攻略を他の幹部に任せ、自分だけは超大型の攻略に注力していた。

超大型ダンジョンが、〝さらに巨大〟になってしまう可能性があるから。

しかし、現実はその本丸にさえ辿り着けていない。

現状では大型ダンジョンを増やす方が問題があるため、中型ダンジョンと共に大型ダンジョンの攻略が優先されている。

この1年、全く結果の出ていない超大型ダンジョン攻略。

どちらを優先させるかは、誰しもがわかることだろう。

「……」

東京タワーダンジョンがあるであろう方角を、眉間に深いシワを寄せて睨む速見。

胸に募る不安と、一向に前へ進めない苛立ちが混ざり合うことで眼光はさらに鋭くなる。

「……もっとだ。もっと強くなって、戻ってくるぞ。クソダンジョンめッ」

誰にも聞こえない声量で、恨みを溢す。

返ってくるのは「だからどうした?」と言いたげな、モンスターの血で生臭くなった風。

顔をピクリとしかめるが、ため息を一つ吐いて、集まる仲間たちのもとへ歩いていくのだった。


その後ろ姿を見つめる、ひとりの視線に気づくことなく。

―――◇◆◇◆◇◆◇◆―――

８本の脚をカサカサと動かし、ソイツらは壁を縦横無尽に走ってきていた。

「うぉぉおおおッ!?　きっもち悪ぃ！　今すぐソイツらを殺せェッ！」

中型犬と同サイズの〝蜘蛛〟が壁を走りながら、俺たちをその８つの目でロックオンしている。

通路が入り組み、横穴も多いこの上板橋ダンジョンではこんな急襲はよく起こることだから驚きはしない……んだ、本当ならっ。

さっきの悲鳴は、あまりの気持ち悪さについ声が出ちゃったんだよ！

虫型のモンスターはマジでムリ！　臭いが薄いのか、ヨシコたちの鼻でさえ結構近づかないと気づけないのも尚更タチが悪いっ。

虫は掌サイズ程度だからギリギリ許容できるんだぞ！　巨大化するなアホが！

総毛立つ肌をさすりながら、一太郎たちの戦闘を見守る。

「ガゥアッ！」

虫というだけあり俊敏性が高いが、あの蜘蛛――ゴブリン・スパイダーはＦ＋級のモンスターだ。

流石にＥ級である一太郎やヨシコに真っ向から戦って勝てるわけがなく、戦闘は一方的。

ゴンザレスと六郎が強靭な脚力をもって蹴りを放ち、１体の蜘蛛を即殺。

しかし1匹の蜘蛛がもう1匹を囮に使い、身体の小ささを利用して一太郎たちの隙間を抜け俺たちに飛びかかってくる。

「ふっ」

飛びかかってくる蜘蛛のワシワシ動く脚が目に入り、鳥肌が立ちすぎて鳥になろうとしていると、冷静にその蜘蛛を射抜く萌美センセー。

小さい的であろう頭を撃ち抜き、勢いがなくなったところを猪助が拳を振り下ろし地面に叩きつける。

頭から叩きつけられた蜘蛛は顔面がひしゃげて体液を散らし、数秒後には経験値の光となり魔獣結晶（小）になった。

「はぁ、はぁ……虫、虫はアカンだろっ。センセー、よく冷静でいられるな」

「その、人間よりは……平気、かなって」

「あぁ～……重いわ、その言葉」

センセーが言うと重みが違うんだわ、その言葉。

それを言われると、大きいだけの蜘蛛にビビる俺がちっぽけな存在にさえ思えてくるじゃん。

つっても、苦手なもんは苦手だ。流石にあの大きさの昆虫型モンスターはキツイ。

なんというか……リアル、なんだよなぁ。もっと大きくてモンスター感が強くなれば大丈夫かもしれないけど、あの絶妙な大きさがまたキモい。

真緑と黒の縞々（しましま）模様も生理的嫌悪感を抱かせる。アレは捕獲（テイム）できない、というかしたくない。

上板橋ダンジョン奥地の探索にも慣れ、さらに奥へと足を進むようになったら、こういう昆虫モンスターの出現数が増えてきやがった。

当初の予定では捕獲（テイム）しまくって手持ちを増やすと意気込んでいた俺だが、昆虫型はマジで捕獲（テイム）したくない。本当に勘弁（かんべん）してほしい。

そう、虫型は捕獲（テイム）したくない。なのにッ、なのに、だ！　できるなら捕獲（テイム）したいＥ級モンスターの中に、巨大ムカデがいやがった！　探した限り、奥地で出現するＥ級モンスターは蛇（へび）とムカデの2種類のみ。他のモンスターはＦ＋級のモンスターばかり。

なんでオークが出るのに、ハイ・オークは出てこないんですか？　同じＥ級モンスターなんだが？

パイソンベイは2体捕獲（テイム）したけど、ムカデは……鋭く尖（とが）った角（つの）が2本生えた赤い頭部に、てらてらと光る黒い甲殻（こうかく）。真っ黄色の足。これで身体が２ｍはあると考えてくれ。

申し訳ないが同じ家になんていたくない。蜘蛛も同じく。

進化をすればワンチャン格好（かっこう）良くなるかも？　それ、今やらないと駄目ですか？　勘弁してください。まだ鳥肌の立っている両腕をさすり、気持ち悪さを誤魔化（ごまか）す。

「どうしたもんかなぁ……」

正直な話、パーティ面子（メンツ）をＥ級で固めてしまったから、ワンランク下のＦ＋級をあまり捕獲（テイム）

したくない。

結局レベル上げをして進化をさせるという手間がかかる。

Ｅ級モンスターは2体捕獲してあり、現在のパーティメンバーはＬｖ.40超えのＥ級が12体。

某大人気モンスター育成ＲＰＧなら5つ目のバッジくらいまで取れそうなレベル帯だ。

ダンジョン奥地ですらＥ級の数は限られていて、Ｆ＋級モンスターが複数体で行動してるくらいの難度。

慢心と言うべきか、これもうダンジョンボス行けちゃうんじゃないの？　とすら思っている。

クソムカデは捕獲不可なので、出会ったら即殺。魔獣結晶（中）になるからな。そのおかげもあって特殊能力がなかなかに潤ってきている。

すでに最奥地、ボス部屋の場所は見当がついてるから挑もうと思えばいつでも挑める。

センセーが【醜人商会】の《盗品一覧》を見ていると、ある場所を境に一切のアイテムがなくなる距離があった。

つまり、そこから先にダンジョンがないということ。そこがボス部屋だ。

「……」

みんなのステータスを見ても、大したダメージはない。疲労でちょっぴりＨＰが削れてるが、ポーションを使えば回復できる範囲。

センセーはどうだろうと目を向ければ、ジッと俺を見つめており、「私は行ける」という強い意志をその眼（め）から感じる。

　もしかして、通じ合ってる？　俺が親指を立ててサムズアップすると、センセーも同じく親指を立てる。

「行っちゃい、ますか？」

「行っちゃい、ましょう」

　腕時計を見ればただいま深夜の2時30分。

　ボス戦に1時間かかったとしても3時30分。帰りの時間を多く見積もっても5時前には家に帰れる。

　勿論（もちろん）ボスは倒さず捕獲（テイム）だ。虫型のボスモンは勘弁だが、流石に文句は言えない。捕獲（テイム）はしておきたい。というか捕獲（テイム）して時間を短縮したい。

「よ〜し、そうと決まればお前ら。もうこのまま、ボス戦行くぞ」

　やる気満々。一太郎たちは首を鳴らし、ヨシコたちは爪（つめ）を光らせ、ボタンちゃんたちの筋肉はバルクアップし、カーくんは翼を広げ、新しく入った蛇丸（へびまる）たちも舌（した）をチロチロと出す。

　おいおい、上等ってか？　俺まで張り切っちまうなこりゃあ。

「いいか？　ボスは捕獲（テイム）するから倒すのは意識しなくて……も、ん？」

「ゆ、揺れてますね」

　足元が微（かす）かに揺れる。立ち止まっていなかったら気づかない、その程度の揺れにあまり気にしないでいいかと気を抜いていると、それを嘲笑うように揺れは強く、大きくなっていく。

小学生の時に味わった東日本大震災の地震がフラッシュバックし、本能的な危険を感じ咄嗟に叫んだ。

「おいお前らッ！　危ないから一箇所に集ま、ろッッ!?」

ズドンッッ!!　と、地面の奥底から巨人が蹴り上げたんじゃないかと思うほどの衝撃。

一瞬、身体が宙に浮いてしまう衝撃と、激しく上下する揺れのせいでバランスを崩してしまい仰向けに倒れかけてしまった。

やべっ、これ頭打つ――！　来るであろう衝撃から頭を守るために手を後ろに持っていくが、寸前のところで猪助が俺を持ち上げ助けてくれた。

流石と言うべきか、モンスターのみんなはこの揺れでも倒れることなく踏ん張っている。

ボタンちゃんの腕の中にはセンセーの姿があり、ひとまず安心と安堵するが、

「うぉ、おぉぉ、ま、マジかッッ！と、止まらな、お前ら、あた、頭に気をつけろッ！　天井、崩れるかもッ、しれなッ、くッそッ！」

揺れは止まるどころか、強まる一方。身体だけでなく視界も揺れ、ふらつく俺を猪助が強く抱きしめる。

揺れ続ける地震の最中、いくらなんでも災害相手には何もできるわけがないだろと弱気になっていたら、異様な光景が俺の目に飛び込んできた。

壁が、〝鼓動している〟。

地震の揺れで見間違えたと思ったが、違う……一定のリズムで、壁が膨れたり、萎んだりを繰り返していた。

そのリズムは……揺れに伴い、速くなっている。

「ッ！　猪助！　ボタンちゃんの近くへッッ！　急げッ！」

俺の命令を聞いた猪助は即座にボタンちゃんのもとへ駆け寄り、ボタンちゃんと肩を組んで天井のように俺たちを覆う。

「ありがとう猪助！　センセー、見えるか!?　あッ、あの、壁！」

「へッ？　う、うそ、うッごい、てるッ……!?」

「地震、ッじゃねぇ！　このダンジョンで〝何か〟が起きてるッ！　もっと、ボタンちゃんにしがみつけッッ！」

「ッ！」

ガバっとボタンちゃんの胸にしがみつくのを確認し、俺は急いで一太郎たちやヨシコたちを匣水晶の中へ戻しタブレットのアイテム欄の中へ……くそッ、揺れが強くて操作がもたつく……！

焦る俺の視界の端に、赤黒い〝霧〟が紛れこむ。

ハッとして見渡せば、鼓動する壁から漏れ出る赤黒い霧がダンジョン内に充満していた。

「まだ何か起こるのかッ！　猪助、ボタンちゃん！　もっと強く抱き合ってくれ！　俺たちのことを挟んでくれて構わない！　絶対にお互いの手を放すなッ！」

2体は正面から抱き合い、その間に俺たち2人が挟まる。ギュウギュウに締めつけられて少し苦しいが、このくらい強く纏まってないと何かあった時に離れ離れになっちまう！

もう、地震とは比較にならないッ。ダンジョンが高速で震動しているのか、上下左右にガクガクと揺らされるッッ。

力自慢の2体でさえ膝を突き、立てなくなってしまった。

「霧がッッ」

「さ、とし、さんッ」

赤黒い霧が辺り一帯を覆い尽くしてしまい、もう視界は機能していない。

激しく身体を揺らされるせいで内臓がシェイクされる不快感と嘔吐感、混濁する意識に、どうするどうなる？　と不安でいっぱいいっぱいになっている俺の手を、センセーが強く握った。

「い、ッ、大、丈夫ッ。いっしょ、ですッ」

「ッ！　あぁ……ああッ！」

センセーの手を、俺も強く握り返す。それと同時に、恐ろしいほど、一瞬で。揺れが、ピタリと止んだ。

回るコマを、手で強引に押さえて止めるように。ピタリと。

「はぁ、はぁ？　止まっ――」

俺の意識があったのは、そこまでだった。

◇◆◇◆◇◆◇

寝落ちする瞬間の、暗い暗い底に落ちていくような感覚が延々と続いていた。

底があるのかもわからない深淵を、ずっと落ちていく。

身体の感覚はほぼなく、全身が麻痺しているかのよう。

しかし、そんな感覚が酷く心地良い。

空間に自分が溶け込んでいくようで、この深淵に自分も「プギィ！」えっ？

深淵が広がっていた眼前に突然現れたのは、超巨大なオーク――ボタンちゃんの顔。

視界いっぱいに広がるオークの顔がジワリジワリと近づいてきて……俺を押し潰すように、

その顔を……。

◇◆◇◆◇◆◇

「うわぁッ！」

勢いよく起き上がると、意識が一気に覚醒する。

ハァハァと荒い息を吐いて「夢か……」と無意識に言葉がこぼれた。

硬い床で眠っていたからか、少し身体を動かすだけで痛……む？　硬い床で？

「ッ！」

そうだッ！　ダンジョンの中で強烈な地震が起きて俺たちは……！

周りを見渡すとすぐ側にセンセー。少し離れた所に猪助と、その猪助の上にボタンちゃんが圧しかかる形で倒れていた。

「良かった、離れ離れにはなってはなかったか、痛つつ……」

痛む身体に鞭を打ち、強引に立ち上がる。

肩を回したり、腰を捻ったりと柔軟をしながら、今の俺たちがどういう状況に置かれているのかを確認する。

右を見る。左も見る。一瞬の沈黙の後、上も見てみた。

「……どこだ、ここ」

レンガのように綺麗にカットされた石が積み上げられた石壁。

その壁には一定の間隔を開けて火の灯るランタンが吊るされている。

上板橋ダンジョンの内部は洞窟のような剝き出しの岩肌ばかりのワイルドなダンジョンで、こんな近代的な建築技術を見れる場所なんて存在しない。

軽く小突いてみるが、間違いなく石。コンコンと小気味の良い音だけが返ってくる。

地面も、丁寧に造られた石畳。

見た感じ、通路と呼べるくらい綺麗に整えられている。

上板橋ダンジョンじゃ……ない？　もしかして、何かしらの罠が発動して、別のダンジョンにテレポートさせられた？

転移型のトラップなんて、あったら情報板に貼られていそうなものだけど……いや、このトラップにかかった人間が帰還できていない？　それほど、難易度の高い場所に飛ばされ――。

「……いや、駄目だ。一人で考えてたら嫌な方、嫌な方にばかり考えがいって、まともな答えなんか出ないな。とりあえず、みんな出てきてくれ」

タブレットからみんなの入った匣水晶を取り出し、一太郎たちを召喚する。

見慣れた面子が揃うことで、気持ちに多少の余裕がでる。

「一太郎たちは、センセーの介抱を。ほら、このポーションを飲ましてやってくれ。ヨシコたちはボタンちゃんたちを頼む。センセーと同じようにこのポーションを。カーくん、すーちゃん、蛇丸（パイソンベイ）、スネちゃま（パイソンベイ）は周囲の警戒を。ここがどこか全くわからないから、いつもより注意してくれ」

一通りの指示を出すと、全員が迅速に行動を開始してくれる。

一太郎たちはゆっくりとセンセーを起こし、少しずつポーションを口に含ませている。

蛇丸とカーくん、スネちゃまとすーちゃんがペアとなり通路の前後に陣取って警戒にあたっていた。

「よし、とりあえずは一安心……痛たた」

石壁を背もたれにして座り、俺も回復用ポーションを飲む。

歯磨き粉のような味が口いっぱいに広がるが、我慢して飲み込むと、身体の内部から痛みが徐々に和らいでいく。

こういう時のために回復系アイテムは常備してある。念のため、ってな。

こんな事態になるとは想像もしていなかったけど。

「いったい、何が起きたんだ？　罠かと思ったけど、何がトリガーに？　あの時は立ち止まってて、何もしてなかったはずだし……なにより、ダンジョンの鼓動と赤黒い霧。あれが無関係なんて考えづらい」

あれがトラップなんだと仮定しても、やはりトリガーが不明過ぎる。

まだ見つかっていないタイプのトラップ？　ダンジョンが出現して1年、まだ見つかっていないトラップがあっても不思議じゃあないけど……それは中型ダンジョンにあっていい代物じゃなくね？

俺たちの現状から考えて、強制テレポートによる別ダンジョンへの移動。こんなモノをトラップでやられたら詰みだ。

まず、自分がどこにいるのかが全くわからなくなる。ダンジョンの性質も理解できていない。入口がどこか、ボスはどこにいるのか。下に進めばいいのか、上に進めばいいのか。

上板橋ダンジョンは、帰ろうと思えばいつでも帰ることができた。この、いつでも帰れるという心の余裕はかなり大きい。

〝ゴールが見えない〟。凄まじいストレスだ。これがゴブリン程度しか出てこないダンジョンなら気楽なもんだが、空気すら重く感じるこの空間。

上板橋ダンジョンの奥地に足を踏み入れた時と酷似している。

いや、その時より数段上。張り詰めるというか、ずっと変な緊張感があり、安心ができない。

G級モンスターが出るダンジョンでこうなるか？　んな馬鹿な。まず間違いなく上板橋ダンジョン奥地と同等のダンジョン。

〝最低でも〟E級モンスターの出現は起こると考えておいた方がいい。

「……はぁ。頑張るしかないか。なっちまったもんは、どうしようもない。考え方を変えろ、見たことのないモンスターを捕獲できるようになった。パーティのバリエーションが富む、そう考えるんだ俺」

結局、俺がダンジョンでやることはひとつだけだ。

襲いかかってくるモンスターを片っ端から捕獲して、仲間にし、数の暴力で敵を蹂躙する。

本当なら、少しだけ周りを探索してどんなタイプのダンジョンなのか判断したいけど、

「今は、センセーと猪助たちの回復を待つか」

休憩(きゅうけい)がてら目をつぶり、センセーたちの回復を待つこと数分。先にボタンちゃんと猪助が目覚め起き上がった。

どこか調子が悪いところはないか？　と聞くと2体とも「大丈夫、心配ない」と言わんばかりに鼻息をブフーと吹いていたし、ステータスを見ても何の状態異常にもかかっていない。

ハイ・オークは身体の強さが売りの種族だからな。むしろこの2体がいなかったら俺とセンセーのどちらかが大怪我(けが)を負っていた可能性は高い。

マジでオークを捕獲(テイム)してて良かった。

あとはセンセーの意識が戻るの「う、んん……」を、あ！　起きたっ。丁度(ちょうど)あなたのこと考えてたんですよっ。

苦しげな呻(うめ)き声を上げるセンセーのもとに駆け寄り、刺激しないように優しく声をかける。

「センセー？　大丈夫？　痛みは？　記憶はあるか？」

「う、はっ、い。なん、とか。痛みは、まっ、たく……？　ぇ、こ、ここは？」

ポーションを飲ませたからかあまり痛そうな素振りは見せず、スムーズに身を起こすセンセー。

後頭部をさすりながら俺と同じように周囲を見て、一瞬動きを止め狼狽(うろた)えている。

「俺もわからない。目が覚めたらここに倒れてた。テレポート系のトラップか、はたまたダンジョンの異常か。どちらにせよ、上板橋ダンジョンとはまた別のダンジョンだとは思う」

「た、たしかに……こんな場所、上板橋には……あ、わ、私の特殊能力で、ま、周りのアイテムを、とりあえず探ってみますっ」

ランタンだけが灯る薄暗い通路を眺めながら、顔をハッとさせてステータスタブレットを取り出したセンセーは【醜人商会】を発動させた。

が、能力を使ったセンセーの顔はみるみると曇っていく。

「せ、センセー？　ど、どうした？」

「な、ない……です」

「え？」

「あ、アイテム、も……魔獣結晶も、なにも……」

「ええ……？　それって、どうい『シャァア、シャラララァアッ!!』ッ、なんだ!?」

俺から見て後方の警戒をしていた蛇丸が尋常ではない鳴き声を上げる。

慌てて振り向くと、蛇丸が威嚇するその先。

そこには、鮮やかな原色に近い赤に染まった西洋の鎧を纏った1体の騎士が静かに剣を持ち、盾を構え、こちらをジッと見つめて立っていた。

「――――ッ」

その姿を視界に入れた瞬間、俺は無意識に【鑑定眼】を発動させていた。

肌に怖気が走る。上板橋ダンジョンの奥地に踏み入った時と似た感覚？　馬鹿な、そんな生っちょろいモノなんかじゃなかったッ。

あまりにも異質な、その存在の正体を早く知らなければと焦り、タブレットに表示される【鑑定眼】の鑑定結果というコマンドを何度もタップする。

【鑑定眼使用による鑑定結果を表示します】

『赤鎧ナイト・オブ・ブラッドリィ／階級＝Ｄ－』

「…はぁッ!?」

Ｄ－ッ!?　階級帯が跳ね上がってるじゃねぇかッ！

一瞬の動揺の後、今は驚いている場合じゃないと強引に意識を切り替えて、タブレットから匣水晶を取り出し、赤鎧に視線を戻す。

「センセー、アイツの階級はＤ－級だ」

「で、Ｄ……ッ？　じ、じゃあ、やっぱり、ここは……」

「上板橋ダンジョンじゃない。Ｄ－級なんて、〝大型ダンジョン〟がある池袋辺りに出、る……大型、ダンジョン？」

おい、まさか。俺たちがいるのって、その大型ダンジョンなんじゃ……？

別ダンジョンへの転移と考えていたのに、何で大型ダンジョンへ飛ばされた可能性を含ませていなかった？

バッカ野郎、中型と大型の違いがデカすぎて、流石に大型ダンジョンへ転移させるはずがないって勝手に結論づけてたッ！

「クソが！　出会ったもんはしょうがねぇ！　お前も俺の仲間にするしかねぇよなァ！　蛇丸、尻尾を叩きつけろ！　カーくんは風魔法で足元を崩せ！　スネちゃまも長い尻尾を使って牽制！　的を1体に絞らせるな！　一太郎たちはヒットアンドアウェイでちょっかいをかけろ！　あの鎧相手に鉈じゃキツイ！　致命打を与えようと思うな！　すーちゃんとヨシコたちは背後の警戒を継続、一太郎たちが危なくなったら六助が加勢！　ボタンちゃんは俺たちの側に、猪助は隙を見てデカい一撃を叩き込め！」

「シャア！」

「……！」

俺の言葉を聞くや否や、蛇丸は速攻で尻尾を鞭のようにしならせて赤鎧に叩きつける。が、赤鎧はすぐさま反応し盾で尻尾を弾き、その尻尾に向けて剣を振るう……のを許すわけねぇだろ！

「スネちゃま！」

「シャルァ！」

スネちゃまは牽制のために揺らしていた尻尾をすぐさま赤鎧へ鞭のように叩きつけるのではなく、速さを重視してレイピアのように突き刺した。

「……！」

「おま、マジかよ！」

　鎧のクセに、反射速度が異様に速ぇ！　剣を振ろうとしていたのに、スネちゃまの突きを見てからすぐに後ろに跳んで回避しやがった！

「作戦変更、一太郎たちは剣を持った手を狙え！　攻撃の隙、守りの隙をついてどうにか剣を使えないようにするんだ！」

「ゴブァ！」

「よし、良い返事だっ！　蛇丸とスネちゃまは引き続き攻めろ！　あわよくば剣を持った腕に絡みつけ！　そのまま絞め殺す勢いでやっても構わん！」

「シャァアラララッ！」

　スネちゃまが尻尾ではなく、その牙を光らせて高速で突貫するが、赤鎧は剣を向けることでそれを抑止する。

　でもお前、相手が蛇2体だけだと思ったら大間違いだぞ？

「ゴブァ！」

「ゴラァ！」

「……ッ」

　剣を向けて抑止したはいいが、それは〝蛇〟にだけしか効かんぞ！

赤鎧の両隣から一太郎と二ノ助が飛びついて身体を拘束した。

一太郎が腕に絡んだことで剣は自在に振ることはできない——今だ！

「猪助ッ！」

「ブルァァアア！」

徐行と書かれた道路標識を両手に構え、赤鎧の頭部めがけて豪快なフルスイングッ！

ガァァアアアンッ！　と金属と金属がぶつかり合う甲高い音が辺りに響き渡る！

これぞ俺たちの黄金連携！　トドメを力自慢のオーク2体が務め——

「ブルァ……!?」

「……ッッ」

赤鎧は、〝反撃をしていた〟。

う、ウッソだろお前。人で例えたら、両腕固められて頭を金属バットでフルスイングされたようなもんだぞ!?　少しは怯めよ！

しかもその腕に一太郎をつけたまま、強引に剣を猪助に向けて振り抜いている。

だが腕に170㎝のゴブリンがいるのは変わらず、その剣に速さはない。

猪助も反応して反撃を防いだが、驚くべきはその重さ。

剣を標識で受け止めた猪助が少しではあるが後退りするほどの威力。

不味い、勢いに乗らせると一気に形勢が傾いてしまう。

「蛇丸！　スネちゃま！　一太郎たちが引っ付いてるうちにお前たちが絡みつけ！」

「シャラー！」

即座に地面を這って赤鎧に近づくが、そうはさせまいと相手も剣や蹴りで応戦してくる。

「……！　今だサブロー！　飛びつけ！」

「……ッ!?」

蛇2体、オーク1体に気を取られる内に、残り一体のゴブリン・ジェネラルの警戒を怠ったな！　サブローは背後から赤鎧を羽交い締めにした！

「大チャンスだ！　蛇丸、スネちゃま全力で身体に絡め！　剣も何も使わせるな！」

「……ッ!!」

蛇丸たちに絡まれたら最後、身動きなんか取れるわけがない。

あの太い身体、その全てが筋肉なんだ。筋肉でできた強靭な縄。一太郎たち、ゴブリン・ジェネラルの拘束も即座には振り解けていないんだ、動きさえ止めちまえばこっちのもんだ！

蛇丸たちは一太郎たちと入れ替わるように赤鎧を縛りつけ拘束。

身体の全てを使い、ギチギチに締めつけられている赤鎧は全く身動きが取れず、苦しそうに頭をジタバタと動かすことしかできていない。

「念には念をだ、ボタンちゃん！　猪助！　俺がいいって言うまで頭を本気で殴り続けろ！」

「ブルル……ルァ！」

ガァンッ……ガァンッ……ガァンッ……ガァン……ッ！

餅つきのようにテンポ良く赤鎧の頭を叩いていく。

５発目を叩き込んでからだろう、明らかに赤鎧の動きが弱々しくなってきた。

「っ！　よし、もうやめていいぞボタンちゃん、猪助！」

グッタリとしている赤鎧は、俺が少し近づいても何の反応もしてこない。

かなり堪えているみたいだ。これならイケるだろう。あらかじめタブレットから出しておいた匣水晶を構え、赤鎧の頭に叩きつけた。

匣水晶の光が赤鎧を覆い、水晶の中へと誘う。

普通なら少しくらい匣水晶が揺れ動いたりするのだが、全く抵抗することなく捕獲が完了した。

「よしッ！　なんかもう色々起きすぎてよくわかんないけど、Ｄ級のモンスターを捕獲したぞ！　お疲れみんな！　良くやった、良くやったぞ！」

「や、やりました、ね……！」

「おう！　ちょちょ、早速ステータス確認してみるわ！　Ｄ－って言ってもＤ級扱いだ、弱いわけないだろっ」

いそいそとタブレットを操作して、赤鎧ナイト・オブ・ブラッドリィのステータスを映し出す。

・種族名　名前／赤鎧（せきがい）ナイト・オブ・ブラッドリィ　未名
・性別／なし
・階級（ランク）／D－
《身体的能力》
・Lv.52
・HP　2201／5210
・MP　102／102
・攻撃力＝585（＋65）
・守備力＝520
・俊敏性＝510（＋30）
・攻撃魔力＝0
・支援魔力＝0
・守備魔力＝565（＋65）
《特殊能力（スキル）》
・【剣術・初級】Lv.MAX
・【属性剣・炎熱】

・【属性剣・裂傷】
・【攻撃力上昇・Lv.4】
・【俊敏性上昇・Lv.3】
・【斬撃強化Lv.1】
・【防御力上昇・Lv.4】
・【斬撃強化Lv.2】（Lv.58に到達で取得）
《装備》
・鉄の剣（攻撃力＋25）
・鉄の盾（守備力＋25）
《レベルアップ必要経験値》
・1200／6250
《進化》
・Lv.54到達＝防御力600以上／攻撃力600以上＝青鎧（せいがい）ブルーナイト／階級（ランク）D－↓D
・Lv.68到達＝攻撃力1350以上／守備力1200以上／属性剣を使い敵を150体撃破＝紫鎧（しがい）ナイト・オブ・パールス／階級（ランク）D－↓C

いやまぁ、そら強いでしょうね。

全てのステータスがオール５００超え。Ｄ〝－〟級でこの強さか。攻撃力に関しては武器込みでほぼ６００域。特殊能力でステータスを盛ったボタンちゃんよりも攻撃力は高い。

ひとつ上の階級のモンスターだから当たり前だとは思うけど、野生であってもＤ級にもなればステータスはこんなに高くなるんだな。

持ってる特殊能力もなかなかに強い。間違いない、即戦力だ君は。

「決めた。お前は赤井さんと名付ける」

命名式を終え、進化先に目を向ける。

あと2つレベルを上げればマイナスが消えて普通のＤ級になれるから、ステータス強化目的ですぐに進化させるべきだな。

予想外の戦力強化に喜びの感情が込み上げてくるが、安心はできない。

Ｄ－級モンスターの出現によって、少なくともＤ級モンスターが当然のように出現するダンジョンにいるということがわかった。

危険度は上板橋ダンジョンの比ではない。何度も言うが、階級の差とは本来そう簡単に覆せるようなものじゃないからだ。

事実、たった1体のＤ－級モンスターを捕獲するのにステータス補正、特殊能力補正のかかったＥ級モンスターを6体投入したんだ。

攻撃力はボタンちゃんに並び、俊敏性はヨシコたちに迫るモノがある。

そんなモンスターが、1体だけで俺たちの前に現れてくれたという幸運。

これが2体同時だったら、もっと厳しかった。というか、誰か1体は瀕死の重傷を負っていても可笑しくはなかった。

ふはは。別ダンジョンに飛ばされるという不運には見舞われたが、悪運は強かったらしい。

パーティにE級しかいないのと、D級がパーティにいるのとじゃ話は変わるぞ。

「一筋の光明が差したな。このダンジョンを生き抜く、光が」

このダンジョンに出現するモンスターの最高階級がD級なのか、〝最低階級〟がD級なのかはわからないけど……この赤鎧を捕獲できたのは大きな一歩だ。

D級を相手に戦闘を行いやすくなるから、一太郎たちのレベ上げがより安全にできる。

D級なだけあり、経験値もさぞ旨いはず。

「元々、あともう少しでみんなのレベルは進化の指定レベルに達するところだったんだ」

今、このダンジョンでみんなをD級に進化させる。

ここに来るまでは、ダンジョンクリアの経験値で進化指定レベルに達する予定だったから、それより少し時間はかかるだろうがやるしかない。

あと数体D級のモンスターを捕獲して、万全の状態でレベ上げを開始しよう。

まず目指すべきはダンジョンのクリアじゃなく、このダンジョンで問題なく生き残れるようになること。

さっきも言ったが、ここは大型ダンジョンである可能性が高い。

中型ダンジョンであの広さ。大型にもなればどれほど巨大なのか見当もつかん。

横に広いのか、縦に広いのか。ボスは上か、下か。

それすらわかっていないダンジョンを、早々にクリアして脱出しよう！　なんて思えるわけがない。

第一、こっちにはセンセーがいる。

突然ダンジョンが変わり、D級のモンスターと交戦したのにあまり慌てた様子はないが、こんな危険地帯に連れてきてしまった罪悪感が俺にはある。

ズカズカと先に進まず、安全にパーティを整えて生存確率を上げ、センセーが危険に晒される可能性を限りなく低くする。

「Lv.1じゃ心配だから、生き残れるように強くなろう」とか言って外に連れ出したのに、一番ヤベーところに連れ込んじまった。

「悪いけど、酷使させてもらうぞ赤井さん。俺たちのこれからがかかってるんだ」

赤井さんが入っている匣水晶を顔に近づけて、ボソリと呟く。

お前と同級のモンスターを捕獲できれば、楽になるからな。

今は減ったHPを回復させるために匣水晶の中で休んでいてくれ。

心の中でそう呟き、赤井さんのステータスが表示されていたタブレットをしまう。

「お前たちの頑張りのおかげで、心強い仲間が増えた。でかしたぞ！」

いつもなら「まぁな！」と言わんばかりに胸を張る奴らだが、流石にいつもとわけが違うのか疲れているようだ。

それもそうだ、自分より力の強い敵の身体を全力で拘束したり、全力でぶっ叩いたりしてたんだ。

攻撃を避け続けないといけないから、集中力もかなり要しただろう。

「ありがとう。匣水晶の中でしばらく休んでいてくれ」

一太郎、二ノ助、サブロー、蛇丸、スネちゃま、猪助を匣水晶の中に入れる。

心細くはあるが、いざというときに疲弊して戦えなくなるより、休める時に休んでおいた方がいい。

「ヨシコ、ゴンザレス、六郎。今はお前たちの鼻と耳が頼りだ。いつも以上に疲れるかもしれないけど、頼むぞ」

「ガウァ」

ヨシコが一鳴きすると、昔のように左右に1匹ずつ、目の前にヨシコ、後ろにボタンちゃんという陣形で俺たちを囲む。

天井があまり高くないからカーくんは飛んでいないが、何かあれば魔法で対処できる。

綺麗な通路だから見晴らしが良く警戒しやすいのが救いだな。

ようやく一息つける、と思いセンセーに視線を向けると、さっきと同じようにタブレットと睨めっこをしていた。

「センセー？」

「ぁっ、その、何のアイテムもない、っていうのが、気になって……」

「あぁ、確かに。魔獣結晶すらひとつもないってのも、変だよな」

「は、はい。だから、気になって見てたんですけど……増えてきて、るんです。少しずつ」

「増えてきてる？」

「はい。魔獣結晶が、ポツポツと……戦ってるんだと、思います。でも……それって、変ですよね？」

「普通、ダンジョンなら元から棲み着いてるモンスター同士の戦いで魔獣結晶はよく落ちてるもんだからな。全く落ちていないのは、確かに変だとは俺も思う」

「普通、なら。ですっ、よね」

「……〝たった今〟、戦いはじめた？」

「わ、わからないです、けど。もしかしたら、単純にテレポートした、だけじゃないのかもっ、しれない、です」

「とりあえず、謎が深まったことだけはわかった」

「ですね……」

◇◆◇◆◇◆◇◆

2。

俺のパーティが同時に、かつ安全に戦えると判断したD級モンスターの数だ。

赤井(あかい)さん捕獲(テイム)後にある程度の休憩(きゅうけい)を挟(はさ)み、未知のダンジョンを進んで行(おこな)った戦闘は計5回。

そのうち、単体のモンスターとの交戦は0回。2体一組が2回。3体一組が3回。

嫌な予感は的中し、出現するモンスターの基本階級(ランク)はD－級ばかり。

それればかりか、厄介(やっかい)なことに出現モンスターのほとんどは2体一組であったりと、単体で行動することがほとんど皆無(かいむ)だった。

いくらモンスター十数体を引き連れているとは言っても、限度がある。

絶対捕獲(テイム)してやるという気合いで赤井さんを必要以上にボコったせいで、まだ回復ができていないのが痛(いて)え。

ポーションは残っちゃいるけど、モンスターは匣水晶(カプセル)に入れれば徐々(じょじょ)にではあるがHPを回復できる。補充できないポーションは人間用に取っておきたいから、赤井さんへの使用はしたくない。

誰だよ、頭をボコボコに叩けとか言った畜生(ちくしょう)はッ。

そのせいで赤井さんを戦闘に参加させられず、なかなかに苦戦を強いられている。５回戦ったと言ったが、勝ちは０。３体一組のモンスターに関しては全て逃走に終わっている。

３体一組に初めて遭遇した時なんか、肝を冷やしたね。

三位一体ドルベロスって名前のモンスターだった。

ＲＰＧでよくある、３体のモンスターを合わせて１体で数えるタイプのモンスターだ、アレ。なのに戦う時は三方向からタイミングをズラして襲いかかってくる。ハンティングアクションならキレて画面を叩き割ってるぞ、あの戦い方。

速いうえに、狡猾。フェイントも混ぜてきやがったし、あの犬。

本当は使いたくなかったが、ほぼダメージを与えていない状態の奴らに匣水晶を投げつけることで、なんとか逃げてきた。

匣水晶の裏技的な使い方だ。たとえ捕獲できないとしても、匣水晶に当たったモンスターは匣水晶の中へと吸い込まれる。強制的にな。

捕獲に対する抵抗力にもよるが、匣水晶に閉じ込められれば数秒は出てこれない。その時間を使って逃げてきたってわけだ。

「くっそ、そのせいで匣水晶３つ損したっ」

三位一体というだけあり、１体に匣水晶を当てれば３体とも匣水晶に吸収されるのが唯一の救いだった。

「なんとか2体までなら同時に戦えるけど、2体一組の方はダメージを負うと速攻で逃げやがるし……」

腐獣キャリオン・ハウンド。腐臭漂う、大型犬サイズのモンスター。

名前の通り、アンデッド系のモンスターだ。身体への攻撃はほぼ無反応で、頭への攻撃を受けた瞬間に脱兎の如く逃げていく。

追いかけてこのダンジョンを無闇に走り回るのは危険なため、逃げられたら追いかけずに放置。

モンスター捕獲どころか、倒すこともできていない。どうにか単体のモンスターはおらんかと探せばドルベロスとかち合ってしまう。

あのトリオ、意外とエンカウント率高いのが困る。

「マ～ジで、ムズい」

E級までのモンスターとは違い、それぞれのモンスターに個性が出てきたというか、戦いづらくなってきた。

シンプルなステータスの高さと3体一組という特性に、ちょっとのダメージですぐさま逃走する生態だったり、人間と変わらない武器の扱い方ができたりと、E級までのモンスターにはなかった能力を持ちはじめている。

E級までのモンスターは、動物本来の戦い方みたいなモノが多い。

ゴブリンやオークは武器を持つが、ゴブリンは振り回すだけ、オークは叩きつけるだけ。

赤井さんこと赤鎧(せきがい)ナイト・オブ・ブラッドリィは全く違い、文字通り〝剣術〟で戦っていた。

今まで通りに戦ってはいられない。どうにか安定した倒し方を模索(もさく)する必要があると、この5戦でわかった。

なら、戦い方を変える。戦法を追加すればいい。

「魔法を取得するしかない」

取ろう取ろうとは思っていたけど、匣水晶(カプセル)の作製に魔獣結晶を使っていたから、今まで取得してはいなかった。

相手が真っ向勝負を仕掛けてこない今、こっちも戦い方を変えないと戦えないだろう。

少なくともD級に進化できていない今は。

《特殊能力(スキル)交換習得》の画面をステータスタブレットで開き、あるひとつの特殊能力(スキル)を選んで詳細(しょうさい)を開く。

《魔法系特殊能力(スキル)》
・【初級魔法・雷】Lv.1
・要求結晶＝○○の魔獣結晶（小）×18
《習得能力内容》

・Lv.1＝電撃麻痺（パラライズ）
・Lv.2＝帯電（チャージ）
・Lv.3＝帯電送電（ギフトチャージ）
・Lv.4＝帯電爆雷（ボルテクション）
・Lv.5＝指向性放電（ベクトル・スパーク）

現時点で取得可能な魔法特殊能力（スキル）の中で、一番捕獲（テイム）に向いている魔法はこれだろう。

この電撃麻痺（パラライズ）が相手の行動を抑制する麻痺（まひ）状態を付与（ふよ）することができる。

動きを抑制だから完璧（かんぺき）に動きを止めることはできないけど、戦いやすくはなる。

上板橋（かみいたばし）ダンジョンで倒したモンスターの結晶を持っていたから、ちょうど18個。魔法特殊能力（スキル）1個分。

この特殊能力（スキル）を取得したら、もう他の魔法系特殊能力（スキル）は取得できなくなる。

中級魔法を取得できるほど、魔獣結晶（中）も手に入ってないし。

本当にこの特殊能力（スキル）でいいのか？　と心の中で葛藤（かっとう）するが……いや、自分を信じよう。

初級魔法のクセに18個も魔獣結晶を要求する特殊能力（スキル）だ。弱いわけがない。風魔法だってそれなりに強いんだ。

意を決し、俺は【初級魔法・雷】の項目にタップする。

タブレット画面に『魔獣結晶（小）×18を消費して、【初級魔法・雷】Lv.1を習得させますか？　▼YES　NO』という確認が出てくるが、構わずYESを選択。

続いて誰に習得させるかという選択が出てくるので、ここも迷わずカーくんを選ぶ。

攻撃魔力が高く、MPも高いのは現状カーくん以外にいないからな。

闇烏（ヤミカラス）の時から空の監視員として優秀だったけど、今じゃ戦闘でも優秀なモンスターだ。

カーくんのステータスを開き、【初級魔法・雷】を習得しているかを確認する。

「よし、ちゃんと習得できてるな。どうだカーくん。使えそうか？」

「ガァ」

カーくんのクチバシに一瞬、電気がバチバチという音と共に疾（はし）る。

おぉ、良いじゃん良いじゃん！　カッコいいじゃん！　雷（かみなり）を操（あやつ）る鳥モンスターとか、メッチャ良いよ。

現金なもんで、こうやって実際に雷魔法を見ると魔獣結晶を使っても良かったと思えてくる。

ドルベロスで厄介（やっかい）なのはあのコンビネーションだから、それを抑制できるだけで魔獣結晶を18個も使った価値はある。

「……試したいな」

雷魔法の電撃麻痺（パラライズ）がはたしてどれほどの効果を発揮（はっき）するのかが気になり、試したいという欲求が「ちょっとだけ、ちょっと試すだけ！　先っちょだけ！」と顔を出す。

赤井さんのステータスを確認すると、ＨＰが４１６０／５２１０まで回復していた。これだけ回復していれば、魔法ありならワンチャンいけるのでは……？

キャリオン・ハウンドは強烈な臭いをさせているからヨシコたちなら遠くからでも簡単に回避して、ドルベロスだけ見つけることもできる。

探さなくても、エンカウント率高いから普通にエンカウントしそうだけどな、あの犬。人を嘲笑うかのように目を端に寄せて「ヘッヘッヘ」と掠れた声を出す、あの犬。

ギュッ、と力強く拳を握る。

「絶対に捕獲して、コキ使ってやるからなぁ、あんの駄犬……！」

俺らの目の前で尻振って挑発してきやがったの、ずっと覚えてるからなッ。

鮮やかな赤の鎧を纏った騎士が、鎧が擦れる音を立てながら俺たちの前を歩いている。
赤鎧ナイト・オブ・ブラッドリィ。またの名を、赤井さん。初めての実戦編。
ＨＰは全回復とはいかないまでも８割方は回復し、魔法の支援もあるから充分に戦えると判断した。
今回の作戦としては赤井さんを主軸に、ドルベロスの俊敏性に対抗できるようにヨシコたちをサポートに回す。

　足の遅いボタンちゃんや一太郎たちは後方で俺とセンセーの護衛役に徹してもらう。

　今の陣形としては、俺とセンセーの後ろにボタンちゃんと猪助。そのボタンちゃんたちの肩にカーくんとすーちゃんは乗っている。

　左右に一太郎たち。少し前にヨシコとゴンザレスが並び、一番先頭を赤井さん。

　蛇丸にスネちゃまは幅を取るうえに咄嗟の行動が人型のモンスターに比べ遅れるから外には出していない。

　今できる鉄壁の陣形を保ちつつ、俺たちはドルベロスを探しダンジョンを彷徨っていた。

「グルァッ」

　前を歩くヨシコが「うわっ」というイントネーションで鳴き、俺たちを止める。

「キャリオン・ハウンドか?」

「アウ」

「どっちだ?」

　腕を真っ直ぐに伸ばし、さらに強調するように指を前に出す。

「直線か……じゃあ、さっきの左に曲がれた場所に一度戻って道を変えよう」

「探すと、見つからないいっ、ですね」

「それな～。物欲センサーってやっぱあるわ」

一度通った道を戻りながら、さっきまで散々小馬鹿にしてきた3体の犬が全く出てこないことに愚痴をこぼす。

前に戦ったドルベロスの臭いを辿って突撃してやろうかと考えたけど、遠くから個体を識別するにはキャリオン・ハウンドの腐臭が強すぎて無理らしい。

そのせいで、俺たちは延々とこの薄暗い通路を練り歩かなきゃいけない羽目に。

あのゾンビ犬、目の前にいないにもかかわらず俺たちの行く手を阻みおって。次に会った時には覚えておけ、と心の指名手配書にキャリオン・ハウンドの顔を刻みながら通路を曲がった瞬間——

「……！」

「ギャワワワンッ！」

曲がり角の死角から、先頭に立っていた赤井さんに向かって何かが突然襲いかかった。

「ッ！　ドルベロスだ！　あと2体いるぞ！　カーくん、出番だ！　電撃麻痺を！」

「ガア！」

流石はD－級の赤井さん、突然の急襲にも動じず盾で防ぎきり、迎え撃っている。

鈍色の体毛に黒の斑点、端に寄った目つき。舌を口の横から出してヨダレをボタボタ垂らす、ハイエナに似た姿。

間違いなく三位一体ドルベロス。その1体だ。

蛇丸とスネちゃまも召喚し、万全の布陣を整える。

カーくんは赤井さんと交戦するドルベロスのもとに飛び立ち、赤井さんはそれを察したのかタックルでドルベロスを壁に突き飛ばして大きな隙を作る。

すかさずカーくんは鋭い鉤爪をドルベロスの脇腹に突き刺すと、バチっというスタンガンのような音が離れている俺たちにも聞こえてきた。

「ギャァンッ」

ドルベロスはビクンッと身体を大きく跳ねさせるが、強引に俺たちと距離を取る。だが身体は思うように動いていないのは明らかだった。

1体では分が悪いと、隠れていた残りの2体も電撃麻痺を食らった1体を庇うように参戦。

「いいぞぉ、電撃麻痺ゥ！　効果覿面ッ！」

身体を震わせ、覚束ない足取りの1体のドルベロス。

さっきまでの軽快なステップで俺たちを惑わし、挑発してくる姿は全く見られない。

だが所詮は初級魔法。D－級のドルベロスは守備魔力も相応に高いはずだから、あの効果もそう長くは続かないはず。

「今がチャンスだ！　分断させて1体ずつ戦うように仕向けろ！　麻痺している奴を守ってるってことはソイツを狙われたくないんだ、狙うフリして隙を誘い出せ！　蛇丸とスネちゃまも身体の大きさを活かして壁を作って助ける邪魔をしろ！」

三位一体という名を冠（かん）しているドルベロス以上に、俺たちの連携は迅速（じんそく）。かつ的確。

赤井さんの徹底的な詰めと、逃げようとするドルベロスを逃がさないヨシコたち。

見事に壁役となり助けようとするドルベロスを阻む蛇丸たち。

そこから数分程、ドルベロスと戦ってわかったことだが……アイツら、〝ＨＰを共有〟している。

1体のドルベロスに傷をつけたら、3体全（すべ）てのドルベロスが同様に苦しみだした。

数度そのやり取りがあり、確信。

確かに、3体を合わせて1体のモンスターと数えるならＨＰが共有されていても不思議じゃない。

三位一体ドルベロスの弱点を発見した以上、そこからの捕獲劇（テイム）は早々に片が付いた。

想像通り電撃麻痺（パラライズ）の効果は長くなく、約15秒ほどだったが他2体のドルベロスと引き離しているから再び麻痺を付与するのはそう難しいことでもない。

最初の戦闘とは打って変わり、勝利、否（いな）。完勝。

どうだ、これが〝対策〟。これぞ〝攻略〟。

赤井さんの圧力で1体の動きを封じ、1体をカーくんが雷撃で麻痺、1体を蛇丸の壁で隔離（かくり）。

これが一太郎やボタンちゃんたちだと俊敏性に差があり、壁役になりきれずどうしても多対一の状況に持っていけなかった。

雷魔法と赤井さんの導入。この2つが三位一体ドルベロス捕獲（テイム）の鍵（かぎ）だったな。

俺の手には水色の匣水晶（カプセル）が淡く輝いている。

もちろん！　中に入っているのはドルベロスだ。

「ふふ、この新たに捕まえたモンスターのステータスを見るのが堪（たま）らなく楽しいんだわ」

・種族名　名前／三位一体ドルベロス　未名
・性別／♀
・階級（ランク）／D－
《身体的能力》
・Lv.51
・HP　3010／5080（状態異常・麻痺）
・MP　80／80
・攻撃力＝490（＋20）
・守備力＝410
・俊敏性＝520（＋40）
・攻撃魔力＝0
・支援魔力＝0

・守備魔力＝３９０
《特殊能力（スキル）》
・【挑発】
・【トリプルアタック】
・【俊敏性上昇・Ｌｖ．４】
・【混乱の牙（きば）】
・【喪失強化（ブースト・オブ・ザ・デッド）】
・【攻撃力上昇・Ｌｖ．２】
・【幻惑の牙】（Ｌｖ．58に到達で取得）
《装備》
・なし
《レベルアップ必要経験値》
・３９２０／５０５０
《進化》
・Ｌｖ．55到達＝俊敏性６００以上／攻撃力６１０以上＝双犬獣（そうけんじゅう）オルベラム／階級（ランク）Ｄ－→Ｄ
・Ｌｖ．65到達＝攻撃力１２００以上／俊敏性１２００以上／モンスター撃破数２００体＝双頭煉獣（そうとうれんじゅう）オルトロス／階級（ランク）Ｄ－→Ｃ

はいはいはい、なるほどね？　３体で１体だからステータスは若干(じゃっかん)低め（Ｅ級と比べれば高い）って感じか。

てか、なんだよこの【挑発】って特殊能力(スキル)。コイツら、特殊能力(スキル)で挑発してやがったのか。どうりでやたらイラッとしたわけだ。

相手の精神を乱すって効果に書いてあるけど、効果量は大したことなし。デバフ扱いにもならないぞこの特殊能力(スキル)……マジでイラつかせるためだけの能力とか、誰得だよソレ。

間違っても戦闘中に【挑発】だけは使うなって言わないと。

煽(あお)るだけ煽った結果、敵がブチギレて予測不能の動き方をされたらこっちが困るし。

そのままドルベロスのステータスを流し見していくと、今まで見たことのない系統の特殊能力(スキル)に気がつく。

「喪失強化(ブースト・オブ・ザ・デッド)……げっ」

特殊能力(スキル)の詳細(しようさい)を開いてみると、そこにはこう書かれていた。

・ドルベロスが１体倒される度(たび)、全ステータス上昇（＋１００）。ただし、失ったＨＰは回復不可（永続）。

マジで危ねぇ。これ、1体でも倒してたら残りの2体が強化されるから、オールステータス500超えのモンスターが2体になるところだったのか。

HPが回復されないというデメリットはあるけど、こんなん効果を知らなかったらデメリットでもなんでもないだろ。

初見殺し性能高すぎ。

しかも、文章は倒される〝度〟だから、2体倒したら合計でステータスが200上昇するだろ。

危な。先に捕獲(テイム)しといて大正解。

俺だったら1体ずつ倒して確実に倒すって作戦にしてただろうし。

「これ、キャリオン・ハウンドも捕獲(テイム)して特殊能力(スキル)の内容見たほうがいいか？」

低階級(ランク)とは言われなくなるD級のモンスター。特殊能力(スキル)の内容が、明らかにE級までのモンスターとは異なるモノに変わっている。

属性付与の特殊能力(スキル)に、混乱や幻惑(げんわく)などの特殊状態異常の付与能力。

キャリオン・ハウンドも何かしら変わった能力を持っている可能性は大いにあり得る。

「でも臭(く)っせぇんだよなぁアイツ……」

遠くからでも臭うし、見た目も悪いし。でもこれで強酸性の体液を吐くとか、エグい能力を持っていたりしたら洒落(しゃれ)にならないし……。

今ならＤ－級のモンスターが擬似的にだが４体もいるから、捕獲自体は楽にできるだろう。

やる、か？　…………うん、いやッ、やろうッ。生存確率の上昇を図るには、敵の情報を知ることからだ。モンスターの情報を全て乗っけてくれるwikiなんかない。ないなら自分で調べるしかない。

「……これで、倒した時に臭い体液撒き散らすとか最悪の能力持ってたりしたら、最悪通り越して笑えてくるよな」

自分で言っておいてなんだが、あの体液がぶっかけられると思うと胃液が迫り上がってくる錯覚すら抱く。

願わくば、お近づきにはなりたくない。しかし、頭部が弱いという明確な弱点がわかっているから、このダンジョンの中では比較的レベリングの相手にはいいのでは？　と思っている。

これでキャリオン・ハウンドの特殊能力、ステータスを確認すれば何を気をつければいいかがわかり、レベ上げの安全性も跳ね上がる。

いざメリットを挙げてみると、捕獲しない手はない。いや、するべきだ。

……ただただ、臭いのが悔やまれる。本当に。なんで腐ってんのに生きてんの？　アイツ。

マジでふざけないでほしい。

ほら、見ろ。俺がキャリオン・ハウンドを捕獲とか言ったらヨシコたちが「お前正気か？」という目で俺のことを見ている。

わかってる、お前たちの鼻が良いことは重々承知しているとも。

その鼻に幾度も助けられてきた。だけどな？　経験値の魅力には勝てねぇんだよ！

腐ってもＤ－級なんだよあのゾンビ犬。理論上は旨いんだよ、経験値。お前たちがＤ級へ進化する近道になるんだよ、アレはッ。

そう結論づけ、さぁいざ参ろうかと声高らかに宣言しようと思ったら、

「……ん？」

四方八方から刺さる、冷たい目線。

「おいおい、あの臭い奴を本当に仲間にする気か？」という意思が言葉にしなくとも理解できてしまう。

センセーすら「ほ、本当にやるんですか？」という目だ。可愛らしい困り眉がさらに困り、つぶらな瞳がウルウルと揺れて、俺の心も揺さぶってくる。

「よし。じゃあ行くぞ」

えーっ！　という言葉のないブーイングを背に、俺はみんなを引き連れてキャリオン・ハウンドの捕獲へと乗り出すのだった。

腐臭漂う戦闘跡。俺たちは無事にキャリオン・ハウンドを捕獲することに成功した。

2体で行動していたキャリオン・ハウンドの背後を幸運にも取ることができ、奇襲を仕掛けてボコボコに殴り倒し2体とも捕獲したったわ。

キャリオン・ハウンドの入った二つの匣水晶を手に持っているが、先入観というか、思い込みというか……不思議と匣水晶も臭く思えてくる。

タブレットの画面をキャリオン・ハウンドのステータスに切り替えながら、ふと思う。

戦力強化というより敵を知るために捕獲したのは初めてだな、と。

懐かしいなぁ。攻略サイトとか知らなかった時、こうやって自分の力で敵のことを調べて、対策とか立ててたりしたよなぁ。

感慨深い気持ちに浸りつつ、キャリオン・ハウンドのステータスにサッと目を通す。

・種族名　名前／腐獣キャリオン・ハウンド　未名
・性別／不明
・階級／D－
・Lv. 39
《身体的能力》
・HP　908／3200

・ＭＰ　９８／98
・攻撃力＝２７０
・守備力＝１９０
・俊敏性＝２６０
・攻撃魔力＝０
・支援魔力＝０
・守備魔力＝１９９
《特殊能力(スキル)》
・【腐敗した身体】Ｌｖ.２
《装備》
・なし
《レベルアップ必要経験値》
・３６９０／４０８０
《進化》
・【腐敗した身体】Ｌｖ.ＭＡＸに到達＝腐獣(ふじゅう)キャリオン・ベアー／階級(ランク)Ｄ－↓Ｄ

お、う、ん？　な、なんだ？　コイツのステータス。やたらと低い、てかＬｖ.39？　進化条件が特殊能力依存？　覚えてる特殊能力も一つだけだし、身体的能力上昇系の特殊能力も何もなし？

　唯一の特殊能力である【腐敗した身体】の詳細を開くと、

《固有系特殊能力》

・【腐敗した身体】Ｌｖ.２

・特殊能力発動後、身体の腐敗が進行する。腐敗が進行するほど、ステータス上昇バフがかかるが、そのかわり進行中はＨＰを消費する。この特殊能力を使いＨＰがゼロになった時、能力レベルが上がり、ＨＰが１になり蘇る。

なる、ほど？　珍しい特殊能力だな。こんな系統の特殊能力もあるのかと感心していると……特殊能力のレベルによって進化、という言葉に脳細胞が活性化。瞬時にある閃きを生み出した。

「あ」

【モンスターマスター】の能力のひとつ、【育む者】には〝特殊能力のレベルアップを早める〟効果がある。

　モンスターのレベルに比べて、特殊能力レベルは上がりやすい。【モンスターマスター】の効果もあって、普通にレベ上げをしてる間に特殊能力レベルがＭＡＸになっていたっていうのはざらだ。

キャリオン・ハウンドの能力は、レベルアップ促進効果と相性が良い。

もしも進化条件が特殊能力(スキル)レベル依存のまま進化していくのなら、尋常(じんじょう)じゃない速度で進化を重ねることができてしまう。理論上、コイツが俺のパーティで最高階級(ランク)のモンスターになるってことだ。

そこまで上手(うま)くいくとも思わないが、結果的に臭い以外は面白(おもしろ)いモンスターだったな。

なにより、俺が睨(にら)んだ通りの〝脆(もろ)さ〟。別の観点からの感想になるが、実に良い。

これだけ脆ければ、たいした時間をかけずに倒すことができるだろう。動きを止める術(すべ)も手に入れたし。

持っている特殊能力(スキル)さえわかれば、キャリオン・ハウンドはもう怖くない。

「よし。お前たち、覚悟を決めろ。これからキャリオン・ハウンドをターゲットにした地獄(嗅覚的(きゅうかく)に)のレベリングを強行する」

◇◆◇◆◇◆◇

東京大樹海に程近い、旧豊島(としま)区。

池袋(いけぶくろ)ダンジョンの侵食(しんしょく)により、池袋の街並みは一切残ってはいない……のだが、ビルのように立ち並ぶ巨大樹に紛れ、なんの損傷もない建物が一つ。

池袋集会場、兼、ギルド『血闘師』の本部である。

魔法で創りあげただけに、専門職が作るほどの綺麗さ精巧さはないが、頑丈さだけで言えば通常の建造物の比ではない。

そのギルドの中、『血闘師』の幹部のみが立ち入ることを許される一室で、一人の男――速見寿久は新たに入った情報を目にして、眉間に皺を寄せて唸っていた。

「くそ……またこれか」

〝緊急速達。上板橋ダンジョン、大型化。出現モンスター階級上昇〟。

最近、やけに増えているダンジョンの成長。大型化はこれで4つ目。

他の幹部は成長した大型ダンジョンクリアのために出払っており、今は自分しかこの本部に残っていないというのに。

「もう夜通し動けるような年齢じゃあないんだがな……」

行かざるを得ないだろう。

上板橋近辺には危険度の高いモンスターが比較的出ない、今の日本なら生活拠点にしやすい場所だ。

レベルの高い攻略者も多くはない。

成長した直後の今……モンスターが外に出ていない、今が叩くベスト。

「……」

速見は眉間を強く揉み、沸々と煮える苛立ちに身を焼いていた。

結局、できもしない超大型ダンジョンの攻略に時間を使って、その結果が大型化か、と。

眉間に深い皺を刻んだまま、速見はこめかみに指を当てて、ギルド内に残るメンバーに〝思念を送る〟。

「緊急だ。上板橋ダンジョン、大型化。攻略へ向かう。漆原、湯川、いるだろう。前衛と後衛の部隊を率いてくれ。20分後、ギルド前に全員集まるように」

渋い顔の速見は鋭い眼光でもって、ダンジョンのある方角を睨む。

「毎回、毎回……嫌になってくるな、ええ？　ダンジョン、ダンジョン……」

◇◆◇◆◇◆◇◆

「いやぁ、楽しくなってきたなぁ！　ダンジョン、ダンジョン！」

捗る捗る、レベ上げが捗るぞぉ！

キャリオン・ハウンド、強さはともかくLv.40前後のD級モンスターであることに変わりはない。

ドルベロスや赤鎧よりは少ないが、相応の経験値は入るし、なにより魔獣結晶（中）が本気で旨い。

速さで並ぶドルベロスを仲間にしたことでキャリオン・ハウンドの逃走を阻止できるし、魔法で動きを止めることもできる。あとは頭をカチ割る簡単な作業。

今行えるレベリングの中で、最高効率を見つけちまったなぁ～これは。

マジでみんなからは不評だったけどね。特にヨシコたちからの視線が凄い。あともうちょっと、あとほんのちょっとで進化指定レベルだから！　それまで我慢して！　と一生懸命言い聞かせていた。

あ、進化と言えば、キャリオン・ハウンド。

特殊能力レベルがMAXになったら進化、という珍しい条件だから、すぐさま特殊能力を発動させてみた。

一体、どれくらいの速度でHPが減るんだい？　と見ていたら、けっこう減っていく。

頭の中にHPバーを想像してもらおう。そうだな、そのHPバーが1分も経てば半分くらいまで減っている感じだ。

かなり早い速度でHPはなくなっていき……0になるとキャリオン・ハウンドは力なく倒れてしまった。

が、ものの数秒後には何事もなかったかのように立ち上がっている。

そこで気がついたんだが、瀕死状態では【腐敗した身体】の特殊能力は発動できないらしい。

ＨＰ１の状態で特殊能力を乱発できたら、レベルなんて秒でＭＡＸのはずだからな。

んでもって、肝心の特殊能力レベルだが……一度の死亡で４に上がった。

普通の特殊能力ならレベルアップに必要な経験値と熟練度が緩和くらいだが、この【腐敗した身体】に関してはレベルアップに必要な回数が緩和されるみたいだ。

想像通りというか、かなり進化させやすいぞコイツ。

レベ上げの対象として旨いし、育成対象としても興味深い。なかなかの良モンスじゃないかキャリオン・ハウンド。

その見た目と臭いでプラマイゼロ、いやマイナス域だけどな。まるでゲジゲジみたいな奴だ。益虫なのに、見た目だけで毛嫌いされてる感じが。

だが、俺は忘れないぞ。お前という存在のおかげで、初期組の――Ｄ級到達が達成されたんだからな！

手に持つタブレットの画面に目を向ければ、自然に口角が上がっていくのを自分でも止められない。

進化点ゴブリン。Ｄ＋級。

怪人狼ライカンスロープ。Ｄ＋級。

白頭ホワイト・オーク。Ｄ＋級。

黒怪鳥アンダリス。Ｄ＋級。

大怪蛇ヴェノ。D級。

青鎧ブルーナイト。D級。

双犬獣オルベラム。D級。

腐獣キャリオン・タイガー。D+級。

ステータスブレットの捕獲モンスター一覧に並ぶ、強力なモンスターたち。

そう。腐獣狩りによるレベリングで、パーティメンバー全員がD級へと進化したのだ！

初期組なんて、特殊能力の取得もあり全員が+判定持ち。

キャリオン・ハウンドは能力発動と回復を繰り返していたらいつの間にか2回も進化してやがった。

今となってはある意味〝最終兵器〟と呼べる俺の切り札だ。使いどころは難しいが、その場所を間違えなければ俺たちを助けてくれるだろう。

切り札も手に入れたうえに、今回の進化祭りによって俺のパーティは超強化。

しつこく腐獣を狩り続けた甲斐があったというもの。ここまで進化と強化した一太郎たちならば、たとえC級モンスターが相手でも勝てるはず。

よほどの初見殺し能力を持つモンスターでない限り、負けるビジョンは浮かばない。

魔獣結晶（中）がかなり手に入ったから、特殊能力によるステータス底上げもしたしな。

試しに、一太郎のステータスを見てみよう。

・種族名　名前／進化点ゴブリン　一太郎
・性別／♂
・階級／Ｄ＋
《身体的能力》
・Ｌｖ．57
・ＨＰ　５９９０／５９９０
・ＭＰ　０／０
・攻撃力＝７０７（＋１４７）
・守備力＝６６５（＋１４０）
・俊敏性＝７９０（＋１４０）
・攻撃魔力＝０
・支援魔力＝０
・守備魔力＝５１０
《特殊能力》
・【攻撃力上昇・Ｌｖ．４】
・【防御力上昇・Ｌｖ．４】

・【俊敏性上昇・Lv.4】
・【攻撃力上昇・Lv.5】×2
・【防御力上昇・Lv.5】×2
・【俊敏性上昇・Lv.5】×2
・【物理属性耐性Lv.1】
・【斬属性耐性Lv.1】
・【逃走】
・【剣術・初級】Lv.3
《装備》
・鉈(攻撃力+7)
《レベルアップ必要経験値》
・2800/7020
《進化》
・Lv.69到達/攻撃力1200以上/守備力800以上/俊敏性750以上=鬼人種オルガ/階級D+↓C
・Lv.69到達/攻撃力800以上/俊敏性1000以上/血鬼種ヴァンピーノ/階級D+↓C

・Lv.69到達／HP6500以上／守備力1200以上＝木人種トレンディア／階級D＋↓
C

へいへいへいへい～い！　どうよどうよ、全てのステータスが500より上、1000の大台まで視野に入ってきている。

全員のステータスに身体的能力上昇系の特殊能力を盛り込んだから、今やドルベロスやナイト・オブ・ブラッドリィなど相手にもならん。

僅か数十時間で起こったハイパーインフレ。昨日の強敵は今日の雑魚ってな。

そして見ろ、この進化先。ゴブリン種の3体にだけ、3つの進化ルートが現れた。

ゴブリン種の進化は、この進化点ゴブリンで終わり。この先は別種族への進化がはじまる。

鬼、吸血鬼、木人種……なにをどう進化したらゴブリンが木人になるのかはわからんけど、C級への進化ができればパーティのバリエーションはガラリと変わるだろう。

思わずほくそ笑んでしまうな。

順調に育成が進んでくれたおかげで、このダンジョンのモンスターでも真っ向から戦えるようになった。

レベ上げでダンジョンを彷徨っている時、たまたま階層を移動するポータルも見つけられたし……そろそろ目的を変えるとしよう。

〝育成〟から〝攻略〟に。

一太郎たちだけでなく、もちろんセンセーだって強くなっとるしな。

いつの間にか魔法の特殊能力を覚えていたし。

そのおかげで矢が魔法の矢に変わり、威力倍増。

もう立派な後方支援型の攻略者だ。

これによって、空から魔法で支援をするのが2体。後方支援が1人。中衛は俺たちの守護を主にするから、臨機応変に4体。他は前衛であり遊撃。攪乱させる役とヘイト貰う役と攻撃役が目まぐるしく変わっていく。

この陣形による根本の戦略は〝戦わせない〟こと。戦闘行為にさせず、一方的な蹂躙で終わらせる。

サ〇ヤ人じゃあるまいし、戦いに快感なんかないからな。相手になんか戦わせてやらない。

みんながD級に上がり、ようやくこの戦法で進んでいける。

見かけたモンスターはブルドーザーのように轢き潰していくまで。

実際、進化したボタンちゃんと猪助は攻撃力が１０００間近なこともあり、D級モンスターならマジで轢き潰せる。

ボタンちゃんと激戦を繰り広げ、初めてF級モンスターを捕獲したのが一昨日のことのようだ……。

立派になっちゃって、ボタンちゃん、猪助……。

さらに大きくなった体躯（たいく）は、とうとう俺も見上げないと顔が見れなくなってしまった。

この巨体に守ってもらえる安心感ったら、もう。

今思えば、俺が引き連れているコイツらは東京タワーダンジョン近辺に出現するモンスターの平均階級（ランク）と同級。

いつかはパーティメンバーに入れたいと思っていたけど、気づけば叶（かな）っていたな。

でも、思ったより満足感はない。

そのさらに上が見えてしまっているから、早く、早くその先へと心が逸（はや）る。

願わくば、B級、A級……それさえ超えた、さらに先の進化を。

上がりきった口角（こうかく）を抑えぬまま、俺たちはダンジョン内を移動するポータルへと向かった。

◇◆◇◆◇◆◇

月明かりが、上板橋（かみいたばし）ダンジョンの側（そば）にそびえる巨大樹を照らしていた。

人工の光が全（すべ）て消えた現代の星空は美しく輝き、巨大樹と合わさった景観は秘境の絶景を彷彿（ほうふつ）とさせる雄大さと、神々（こうごう）しさを放つ。

その巨大樹の根元に、速見（はやみ）率（ひき）いる『血闘師（ブラドデウス）』のギルドチームは集まっている。

身に纏う防具は、流石は関東を代表するギルドだけあり一級品の物ばかり。

D+級のモンスターの魔獣結晶、ドロップアイテムを用いたステータス上昇効果が付与された鎧。

魔法使用時の消費MPを軽減する魔法戦闘用のローブ。

その他、アクセサリーに特殊武器。

武器製作に秀でた特殊能力所持者が所属する『血闘師』は、他のギルドと比較しても優秀な武具防具を揃えられる。

前衛、支援、後衛。各攻略者のレベルは50を超え、優れた戦闘特殊能力、魔法特殊能力を持っている者は単体でE+級と闘うことが可能で、D級と対面しても逃げ切ることはできるであろう実力者ばかりだ。

その実力者、総勢32名。

上板橋ダンジョンへと、集結した。

だがその顔に、余裕はない。

東京大樹海での攻略を進めていた彼ら、彼女らの顔にあるのは驚愕。

「成長？　馬鹿を言うな、これは」

——変異だ。

目の前にいるのは、〝D級モンスターの群れ〟。

正確に言えばＤ－級のモンスターではあるが、括りは同じ。

実質最高階級とされるＣ級の、ひとつ下なのだ。脅威ということに変わりはない。

「穴からワラワラと……想像より出てくるのが早い」

上板橋ダンジョンは穴型のダンジョンであるというのは知れ渡っている情報のひとつ。

同時に、せいぜいＥ級が出現モンスターの最高階級ということも広く知れ渡っていた情報のひとつだ。

その穴から出てきているのは、間違いなくＥ級と呼んでいいモンスターたちではなかった。

「――ッッ！　総員、戦闘準備！　あの怪物どもを街に放つな！　まだ俺たちでどうとでも対処できる！　漆原、〝結界〟を！」

「おう！」

速見の隣に立っていた男性――ガタイの良い、身長１８０㎝を超える少しばかり目つきが悪い彼の名は、漆原健吾。

特殊能力【結界】を持ち、主に守護や拠点防衛の任に就くことが多い。

が、【結界】という特殊能力は多様性に富み、あらゆる場面で彼は活躍する。

例えば、

「ここら一帯を結界で囲う！　速見さん、どんくらいの距離までモンスターはいる!?」

「ダンジョンの入口を中心に、半径１・２㎞……ギリギリ集会場は含まれていない！」

「了解ッ！　一応、1・5㎞まで囲うぜ！」

漆原が地面に両手を着くと、彼を中心に半透明のドームが瞬く間に広がり、はるか上空、はるか彼方までその広がりは続いていた。

「内側からの強度を高くしたから、外からは入ってこられるぜ」

「構わない。ここら一帯のモンスターは本来たいして強くないはずだからな……〝アレ〟が異常なんだ」

「いくらダンジョンの成長っていっても、成長しすぎだろ。何体かのモンスターが階級を上げるってのは他のチームから貰った情報にあったけど……アレ、全てのモンスターの階級が上がってるよな？」

「それだけじゃない。本来なら上板橋ダンジョンに存在しなかったモンスターの姿がある。あの犬、キャリオン・ハウンドだ。アンデッド系モンスターなんて池袋ダンジョンにだってそういるモンスターじゃない」

ガリガリと、苛立たしげに頭を乱暴に掻く速見。

わからんわからん、何が起きているんだと脳内で思考が高速で流れていくが、強引にそれを断ち切る。

今、『血闘師』がやるべきことは考えることではない。

あのダンジョンより現れるモンスターの群れを街に放たず、ここで殺し切ること。

「後衛魔法班、炎魔法用意！　アンデッド系は炎属性に弱い！　キャリオン・ハウンドは死んでも一度蘇(よみがえ)ることがある、だが燃やし尽くしたら蘇ることなんかできない！　ダンジョンの入口を囲むように炎魔法を展開！　支援班は魔法班の攻撃魔力上昇、および消費ＭＰ軽減のバフを！　まずは出入り口を封鎖(ふうさ)する！」

鎧ではなく、ローブを纏っていた攻略者たちがその手に杖(つえ)を握り特殊能力(スキル)を発動させる。

遠距離発動魔法【自然発火(ナチュラル・フェイン)】。術者が遠くにいても炎魔法を発動させ、術者のレベルが高ければ発火した炎の操作さえ可能にする魔法だ。

無論、高位の魔法特殊能力(スキル)を取得している『血闘師(ブラドデウス)』の魔法班は皆、魔法の操作はお手の物。

１分もかからずに上板橋ダンジョンの入口は燃え盛る業火(ごうか)に囲われ、術者のＭＰが枯渇(こかつ)しない限り、これでダンジョン内部から無限にモンスターが湧(わ)いてきて、半永久的に闘わされるということはなくなった。

「俺が指示を送る。前衛班は〝背後を気にすることなく〟戦いに集中してくれ」

タブレットから各々(おのおの)が得意な武器を取り出し、前衛班はＤ級モンスターたちへと襲(おそ)いかかる。

大剣を振るう者、双剣(そうけん)で刻(きざ)む者、槍(やり)で貫(つらぬ)く者。〝チーム〟として洗練された連携でＤ級モンスターと渡り合う『血闘師(ブラドデウス)』。

東京大樹海では複数体のＤ級とＥ級に手を焼いていたが、今は違う。手こずりはするが、危なげなくモンスターたちを屠(ほふ)っていた。

「……やっぱりな。あのモンスターたちは、群じゃない。ただの集まりだ」

東京大樹海のように、異種族のモンスター同士が巧みな連携をしてこない。

素の力で人間を上回り、さらに特殊能力を使ってくるモンスターが連携を取ってくるから厄介なのであって、それをしてこないのならたとえD級だろうとやりようはある。

階級的には脅威ではあるが、あのモンスターたちは入口がただそこにあったからここに集まっているだけなのだ。

そこに仲間意識は感じられない。上手くやれば、モンスター同士の戦いに発展させることも可能だろう。

「漆原。前線、佐藤」

「了解」

速見が隣に立つ漆原へ簡素な指示を出すと、漆原は淡々と従う。

前線で闘う剣士の攻略者の背後に、半透明のプレートが浮かび上がる、と同時に――

赤鎧ナイト・オブ・ブラッドリィの一撃がそのプレートにより阻まれた。

自分の背後に結界が発生したのを感じた佐藤は、その手に握る大剣を振り回し慣性力を大きくして赤鎧に叩きつける。

狙いすました一撃は頭部へと叩き込まれ、その重撃は赤鎧の頭部をグシャグシャに凹ませ、既に負っていたダメージもありその身体を経験値の光へ変えてしまう。

「速見さん、漆原さん！　あざっす！」

大剣の攻略者、佐藤は声高に礼を告げ、すぐさま戦闘に戻っていった。

——圧倒。

Ｄ－級のモンスター、しかも大した連携を取ってこない通常の個体では『血闘師』の手を焼かせるに値しなかった。

戦闘時間、僅か15分。

ダンジョンの入口付近に出てきていたＤ級モンスター、39体。

『血闘師』のメンバーに、負傷者を出すことなく全滅。

あとは方々へ散ったモンスターを残すだけで、それさえ十数分もあれば片付くだろう。

こめかみに指を置き、目をつぶっていた速見はゆっくりと目を開けてギルドメンバーに伝えた。

「もうダンジョンの入口付近にモンスターはいない。あとは散ったモンスターの除去だ。俺が場所を指示するから、みんなはその場所へ行ってくれ」

そう言って、速見が結界内に散るモンスターの居場所を〝視よう〟とした時、激しい閃光が速見を襲う。

「ぐぁッッ」

「速見さん!?」

目を押さえ膝をつく速見に、すぐさま駆け寄る漆原。

心配ないとそれを手で制し、強い光にクラクラとしているが気力で立ち上がる。

「どうしたんすか？」

「突然、目の前で強い光が弾けて……一体、なにが？」

すぐさま原因を突き止めようと、再び結界内を〝視る〟が……それらしきナニカはない。

いるのはダンジョンから湧いたモンスターたちだけだ。

「このモンスターたちが、俺の能力に感づき激しい閃光を出す特殊能力を使った？　いや、閃光を発生させる能力を持つモンスターはいない……なぜ？」

脳内に？マークが大量に浮かんでくる速見を、心配そうに『血闘師』メンバーは見つめていた。

見つめている。〝速見だけ〟を、みな注視していた。

だからだろう、自分たちの背後、魔法による業火が燃えるダンジョンの入口へ、２つの影が入っていったことに気づかなかったのは。

◇◆◇◆◇◆◇◆

順調だ。

ダンジョン攻略に目標を変更し、出てくるモンスターは全て圧倒。

ボタンちゃんたちの力により強引に突破したり、ヨシコや一太郎たちのコンビネーションにより手も足も出させずに終わらせたり。

出現するモンスターもD－級から、チラホラと正当なD級モンスターが現れたりするがD－級と戦っている時と大差はないな。

今までコツコツと進化を重ねてきた俺たちの敵じゃねぇってわけよ。

そんなわけで、順調にダンジョン攻略は進んでいる。

ダンジョン内を移動するポータルを踏んだのも、すでに3回。三階層を進んだことになる。

移動用ポータル。五芒星を中心にして、その周りを見知らぬ文字が円状に書き記されている、誰もがイメージしたことのある典型的な魔方陣。それがポータルだ。

この移動用ポータルを3回使って、新たにわかったことがひとつ。

このダンジョンは〝前の階層に戻れない〟。

つまり、先へ進むポータルしかセットされていない。ということがわかった。

事の経緯としては、最初に俺たちが転移させられた階層からポータルを踏み、別の階層に移動したらその階層で見つけられたポータルはひとつだけだった、という疑問から始まる。

同じ通路が続くダンジョンの内部だ、前の階層と今の階層、その違いなんかぶっちゃけわからない。

そこにひとつしか存在しないポータル。

もしかしたらこのポータルはブラフで、同じ階層に何度も何度も戻されている悪質な罠なんじゃねーの？　と感じた俺たちは、それを実証するための実験を行った。

キャリオン・ハウンドの体液を大量に壁にブチまけてから、ポータルで階層を移動してみたんだ。

やり方は簡単。ボタンちゃんたちが膂力に物を言わせて壁に思いっきり投げつけて、トドメに叩き潰す。

こうすれば強い臭いが壁に染みつき、普通のキャリオン・ハウンドとは別格の腐敗臭がする。

あらかじめ見つけておいたポータルへ鼻を塞ぎ急いで向かい、階層を移動。

ヨシコたちに「あの臭いはするか？」と聞けばしない、という回答。

ここでようやく、先へ進むだけのポータルしかないと確信した。

クリアするか、中でおっ死ぬか。このダンジョンにはその2つの道しかないらしい。

なかなかにハードじゃん？　とは思うが、パーティが整ってしまった現状だとあまり苦だと思っていない。

出現モンスターは十分に対処できるし、なによりトラップが出てこねぇ。

通路のどこか一箇所を踏んだり、壁に手を置いたらトラップが起動しそうないかにもな雰囲気をプンプンに醸し出しているのに、ひとつっつもない。

いつ壁から槍や矢が飛んでくるかとビクビクしていたのに。

拍子抜けだと今なら言える。

プークスクス、あれぇ？　もしかしてこのダンジョン楽勝にござるかぁ？　って感じ。

D級モンスターって強いわ。そこに俺の能力で補正値もプラスされんだもん。本当なら手練れの攻略者数人がかりで1体と闘う階級のモンスターだからや。

頼もしい味方様様。もちろん、その味方の中にセンセーも含まれている。

というのも、このダンジョンに来てから戦闘時の落ち着きが凄い。

センセーが言うには「こんなに強い仲間に囲まれていると、自分も頑張ろうと思える」らしいけど。

でも、なんて言うのかな、凄み？　むしろダンジョンを進めば進むほど、センセーの力が洗練されていく感じがする。ダンジョン外だとオロオロしていたりするのに、ダンジョン内だと凄くリラックスできている。ある種の緊張感があるからこその落ち着きなのかどうかは俺もよくわかっていない。

特殊能力レベルも上がったことで、さらに弓の扱いに磨きがかかっているし、

「――絶妙なタイミングでの狙撃。一太郎たちの援護に、敵の邪魔。大助かりよ」

「そ、そんなそんな……恐縮です」

ジュゥジュゥと心地の良い音を立て、香ばしい匂いが鼻を刺激する〝オークの肉〟を焼きな

がら、俺はセンセーとそんな雑談を楽しんでいた。

褒められている時のセンセーは本当に嬉しそうにしながらめちゃくちゃ照れる。その反応がすこぶる愛らしい。褒めて伸びる典型だこの人。

良い感じに焼けた肉を小皿に取り分け、まずはセンセーに。

「オレも！　ワタシも！」と主張の激しいライカンスロープ組にも大きめの肉を分けてやる。

オークの前でオークの肉を焼き、その肉をオークに食わせるという、言葉にすればエゲツないことをしていると思うだろう？

なんのなんの、ボタンちゃんたちは「それはそれ。これはこれ」と割り切りガツガツ食うよ。

一通り焼き終えたから、〝結晶熱鉄板焼き器〟の動力源である魔獣結晶を抜く。

魔獣結晶があればどこでも焼き料理ができる優れ物。タブレットで魔獣結晶と交換できるアイテムで、結晶交換優先度Ｎｏ．１の便利アイテムだ。

「にしても、さ。っモグ、センセー、最近ほんとにメキメキ強くなってるよね」

「そ、そうです、かね？」

「魔法の特殊能力も覚えたし。このダンジョンに飛ばされてからもさ、いつも以上に狙撃が的確だし」

「あ……でも、確かにこのダンジョンに来てから……こう、なんでしょう？　なんだか、漲ります。力が、こう……グググ、と」

「へぇ、なんでだろ。ダンジョン特有の緊張感があるから？」

「どう、なんでしょう……最近、ステータスの伸びも良いですし、そのおかげかも、ですね。えへへ」

ニコニコしながら肉を頬張る姿に、ハムスターがひまわりの種を頬張る姿が重なる。

ほんと、小動物みたいな可愛らしさがあるよな、センセー。殺伐としたダンジョンの清涼剤だ。

ヨシコたちがコボルトの時は犬らしい可愛らしさがあったけど、今やこの大きさ。可愛いのカテゴリーから外れてしまった。

食う時は律儀に皿を両手で持ち、ガツガツと頬張っているところを見ると可愛いというよりワイルドって感じ。これはこれでいいんだけどね。

そんな憩いのひとときを過ごし、後片付けも終えたらテンションをカチッと切り替える。

団欒から攻略へ。

というのも、この先からはモンスターの種類が増えていくんだ。それはセンセーの【醜人商会】で魔獣結晶やドロップアイテムの種類で確認済み。

上板橋ダンジョンでいう奥地に該当する場所だと俺は思っているんだが、いかんせん出現するモンスターの階級が最初から高かったから、奥地と認識できる指標がイマイチわからない。

〝多分〟奥地ってだけだ。

多分。それだけだったとしても、十分に気が引き締まる。

本当に奥地だとすれば、最奥地……ダンジョンボスが待ち受ける階層が近いことを意味する。

D級モンスターが蔓延(はびこ)るダンジョンのボス。

——間違いなく強い。弱いわけがない。絶対に仲間に入れる。惜(お)しむらくは、魔獣結晶(小)や(微小)のストックがなくて上級匣水晶(カプセル)が作れないのが残念だが……今のパーティ面子(メンツ)なら、通常の匣水晶(カプセル)×31。上級匣水晶(カプセル)×2個でも十分に勝算はある。

ボスモンスターを仲間、か……良いねぇ。ロマンだよな、ボスだった敵(エネミー)を自分の仲間にしてバトルで使うの。

どんなステータスをしてんのかなぁ、とまだ見ぬ未来の仲間に想いを馳(は)せていると、

「グル?」

不意に、ヨシコが天井を見上げる。

「……?」

「どうした?　敵か?」

「グル、ル〜?」

「わからない」と言いたげに首を傾(かし)げた。

「危険なものか?」

「グルァ」

「複数か？」

「グル」

首を横に振った後、一度頷く。ふむ。危険には感じないナニカが上に複数ある、もしくはいるというのは伝わった。

しかし、ヨシコたちにわからないモノが俺にわかるはずもない。

人間社会で野生の勘なんか腐りきってるからな。

「……」

俺も釣られるように天井を見上げ、少しばかり思案する。

危ないと感じないってことは……モンスターではない。俺たちに対する危険性を感知しなかったってことだからな。

「上……？」

……ポータルでの移動だからわかりづらかったけど、このダンジョンが下へ降りていくタイプのダンジョンだと仮定すれば……俺たちに危険のない存在の出現。

「……誰かがこのダンジョンに入ってきた、とか？」

「……駄目だ、やっぱり視(み)えない」

上板橋(かみいたばし)ダンジョン。その中へ足を踏み入れた『血闘師(ブラドデウス)』速見寿久(はやみとしひさ)は、特殊能力(スキル)【広域索視(フィールド・ビュー)】を発動させていた。

特殊能力(スキル)【広域索視(フィールド・ビュー)】。自分の視点を空に移動させ、さながら神の目線で効果範囲12km以内であれば瞬時に視点を場所ごとに切り替えることができる能力。

Google社が提供するサービス、ストリートビューの局所版と思えばわかりやすいだろう。

建物の中は覗(のぞ)けない制約があるが、その建物の中に速見自身がいればその建物の中だけ索視(さくし)可能になる。

それは〝ダンジョンの中〟も同様。

この優秀な索敵(さくてき)能力ともうひとつの特殊能力(スキル)を活(い)かし、速見は『血闘師(ブラドデウス)』のメンバーから信用を獲得して幹部の座に就(つ)いたのだ。

しかし、その能力もなぜか今は上手(うま)く作用しなかった。

広大な効果範囲を誇っている能力が、1階層の索敵しか行えていない。

下に広がっているであろうダンジョンの様子を視ようにも、視界が霧(きり)がかったように白く濁(にご)るだけで全く先が視えなくなっている。

「……まいったな」

メンバーに悟られないよう顔にはあまり出さないが、速見は僅(わず)かに焦(あせ)っていた。

今、メンバーは漆原(うるしはら)、湯川(ゆかわ)という主要メンバーを抜いた近接2人、支援1人、魔法2人で、速見を含めて計6人。

ダンジョンの入口が通常とは異なる〝魔方陣(ポータル)〟だったことを警戒(けいかい)した速見は、先遣隊(せんけんたい)として数名で先にダンジョンに潜り、中を視てから本隊へ戻ってくる……そういう手筈(てはず)だったのだ。

いざダンジョンの中に入ってようやく、後には戻れないという仕様(しよう)に気づいた。

すぐさま速見は所持しているもうひとつの能力【念話】にて漆原、湯川に連絡を送ろうとするがそれも遮断(しゃだん)され叶(かな)わず。

「15分経(た)って【念話】もせずに俺たちが戻らなければ、本部に戻って幹部複数で改めて挑(いど)めって言ってあるから……まぁ、すぐの増援は望めないか」

速見はチラリと視線を横に流し、現在の面子(メンツ)を確認する。

幸い近接戦闘では頼りになる大剣使いの佐藤(さとう)や炎魔法の使い手を連れてきているから、モンスターにやられ早々に殺されるという事態にはならないだろう。

「さて、諸君。見た通り、このダンジョンは入ったら最後、外には出してくれない仕様らしい。もしかすればどこかに脱出するギミックがあるかもしれないが、残念ながら俺の能力では見つけられなかった。漆原の結界(けっかい)もナシ、湯川のバフもナシと心許(こころもと)ない状況だが……我々は『血闘師(ブラドデウス)』。ダンジョンの中で絶望し泣くような輩(やから)はいないだろう。増援が来るまで、暇潰(ひまつぶ)しがてらこの階層のモンスターを皆殺しにしてやろうじゃないか」

焦りが先行し慌てふためく、そんな柔い精神の年齢などとうに過ぎた速見は落ち着いた様子で5人のメンバーに言葉をかける。

「うっす！　頑張りますよ！」

佐藤が成人男性の身の丈程もある大剣を掲げ、気合い十分といった声を張るが速見はそれに待ったをかけた。

「おい。待て待て待て、まさかこのたいしたスペースのない通路でその大剣を振り回すつもりか？」

「つもりですけど？」

あっけらかんとした顔で答える佐藤に、ハァ……と軽いため息が一つ。

「バカ。こんな狭い空間で長物を十全に使いこなせるわけがないだろう。むしろ連携の邪魔になる。ステータスは下がるだろうが、片手剣の特殊能力も持ってただろう？　そっちに替えるんだ」

「うぇ～、火力出ないっすよ片手剣」

「かわりに盾を持てるだろう。今はいざという時に守ってくれる漆原はいない。自分の身は自分で守るように」

辺りにモンスターが近づいていないことを【広域索視】で確認しつつ、佐藤に対する助言を行う速見。

「前衛の頑張りで魔法が輝くんだ。気張れ、佐藤。原田」

「うすっ」

「はいっ」

双剣使いの原田に、大剣をしまって片手剣と盾を装備した佐藤。

防御バフを得意とする伊藤。

両者炎魔法を得意とする池田、吉野。

バランスの整ったメンバー。自分の【広域索視】を使えばモンスターの不意打ちを食らう心配はない。何かしらの事故がない限り、誰かしらが大きな傷を負うことはない。

ギルドには自分以外の幹部が出払っていたのを考えても、増援が来るのは早くても明日になるだろう。

「……今日は徹夜か」

他の面々に聞かれないよう、ボソリと呟く速見。

若い頃のように徹夜でも１００％に近いパフォーマンスができる歳じゃないんだけどな。と苦笑を浮かべるが、幹部として誰も欠けずに増援まで持ち堪える。そんな強い意志が瞳に宿っていた。

◇◆◇◆◇◆◇◆

成長し、その姿を変えた上板橋ダンジョンの大きさは下に17㎞ほど。階層にして18。

暗内智が率いるパーティの現在地は15階層。智が想像する通り、一行は最奥地と呼ばれる18階層まであと3階というところ、いわゆる奥地の手前にいた。

ダンジョンの頂点に座すモンスターとの戦いに備え、15階層にとどまり英気を養っているため、大きな動きは見せていない。

同様にダンジョンへ入ったばかりの『血闘師』は1階層にとどまり、モンスターとの交戦を続けているから大きな動きはなし。

しかし、その1階層には『血闘師』の姿しか存在しなかった。

『血闘師』が上板橋ダンジョンに足を踏み入れる……その前にダンジョンへ侵入した2つの影があっただろう。

その影、つまり2人の侵入者は、『血闘師』がダンジョンへ入る僅かな時間の間に1階層を踏破し、次の階層へ進んだことになる。

たったの2人で、だ。

『血闘師』は、Ｌｖ.50超えの攻略者が6名。

暗内智はＬｖ.50超えの萌美優理に、Ｌｖ.50を超えるＤ＋級モンスターが16体。

2人で階層を超えた異様さが、際立つ。

さらに驚くべきは、その2人。

現在の到達階層――11。

『血闘師』がダンジョンへ入る時間で。

智一行が3階層を進む時間で。

2人は、智たちとの階層差を僅か4にまで縮めていた。

上板橋ダンジョンの出入り口である穴には、幾重にも張られた【結界】があった。

ポータルより出現するモンスターはその結界を破ろうと躍起になって攻撃を繰り返すが、【結界】は物ともせず弾き返す。

その光景を、【結界】を作り出した張本人である漆原は気が気でない様子で見ていた。

「何で、帰ってこねぇんだっ。速見さんっ」

すでに約束の15分はとうに過ぎ、【念話】による連絡もなかった。

速見の危険を感じた漆原はすぐさま助けにダンジョンへ入ろうとしたが、湯川がそれを阻止。

「俺が戻らなければ増援を、と速見さんは言っていました！　私たちがやるべきは中途半端な増援ではなく、強力な増援を早急に連れてくることです！」と今すぐにでも飛び出しかねない漆原の胸ぐらを摑み、湯川はそう言い放ったのだ。

いつもは穏やかな女性である湯川の迫力に気圧され、いくぶんか冷静になった漆原は【結界】を５層展開し、ダンジョンからモンスターが外に湧き出るのを防ぐ。

【結界】の強度的に、Ｄ－級のモンスターでは５層全ての【結界】をすぐに破壊することは不可能。

これにより、近隣の集会場をＤ級モンスターが襲うことはなくなった。

「……こんなＤ－級にやられる速見さんたちじゃねぇ。中でいったい何が？」

漆原の問いに、聡明な湯川の返事はない。

数名の『血闘師』メンバーを残し、増援を求めるために本部へ戻っているからだ。

あまり頭の良い方ではない漆原はあーだこーだと脳内で推理するが、結局は納得のいく結論に至らない。

最終的には「速見さんがなんで？」という結果に辿り着く。

モンスターに襲われ、家族を失い途方に暮れていた漆原に手を差し伸べ導いてくれた恩人。

漆原の胸中は、「どうか、どうか無事であってくれ」という涙混じりの思いが占めていた。

「ブルァァアアッッ！」

「ギッッッ」

ボタンちゃんの剛腕ラリアットが、ハイ・オークの首を直撃。

D+級モンスターのホワイト・オークになったことでステータスが上昇し、そのステータスを特殊能力でさらに盛り、さらにさらに特殊能力【強振白斧腕】で使用時に攻撃力上昇×会心効果（与ダメージ上昇）というパワー極振りの一撃。

そんな力を前に、ハイ・オークの防御力はあまりにも紙。

上腕部分での攻撃だったのに首が千切れ飛び、瞬時に経験値の光となった。

「うわぁ、会心のうえに急所だったから一発で消し飛んだよ」

オークは人型だから弱点の場所も人間とそう変わらない。今のは咽頭……つっても、そのまま首を刎ねたから急所とか関係なかった気もする。

攻撃力という部分では俺のパーティで随一のボタンちゃん＆猪助。

常に俺たちを護ってくれていたこのボタンちゃん、猪助の2体は、D級に上がったことで陣形の先頭にいることが増えた。

「う～ん、やっぱりいいな。力で全て解決するこの感じ。無双系のゲームに似た爽快感を感じる」

攻撃振りのモンスターの良いところだな。デメリットとして、自分より高いレベルの相手になると良さが全く活かせないってのが痛いけども。

だがしかし。奥地と呼べる階層に来ても、そのデメリットは全く感じられない。

危なげはないが、流石は奥地というか、

「ガウァアッ！」

「ギギィイ！」

「っ！　今度は後ろか！」

俺たちの後ろを護っていたライカンスロープ組が戦闘を開始していた。

同時に、再び先頭でも戦闘がはじまる。

――シンプルに、モンスターの数が多い。その分、戦闘回数も必然的に多くなる。

体感的には、5分歩けば2、3回はモンスターと遭遇しているだろう。

さっきの階層と比べて、遭遇率が段違いだ。

ゴブリン・ジェネラル率いるゴブリンの群れやハイ・オーク、見慣れてきたドルベロスやキャリオン・ハウンド。

ひっきりなしにモンスターが飛びかかってくる。

物量で攻められてしまいボタンちゃんや一太郎たちの隙間を運良く掻い潜り、俺とセンセーのもとまで来る危険性が高まってきたが、そこは俺。ちゃんと策は用意してある。

俺たちの側に控えさせているのは、ボタンちゃんたちより身体が大きくなった蛇丸にスネちゃまの2体。

進化で大怪蛇ヴェノになり体長がさらに長くなったから、いざとなったら俺たちを包むようにとぐろを巻くことで壁になることができる。

俺は【秘技・壁とぐろ】と呼んでいるが、幸い使ったことはまだない。

とか考えている間に、戦闘は終了していた。

ふふん、俺が手塩にかけて育ててきたライカンスロープのコンビネーション、ホワイト・オークのパワーを舐めないでもらおうッ!?

ドヤ顔で自慢をしようとしたらドルベロスがニヤけ面で飛びかかってきた！

「またかよ！　しつけぇな！　一太郎、や～っておしまい！」

「ギィギィギャッギャ～！」

――――……。

――――……。

――……。

―…。

何度も何度も襲いかかってくるモンスターたちを倒し続けていると、いつの間にか全くモンスターが襲いかかって来なくなっていた。

全てのモンスターを狩り尽くしたわけではない。

恐らく……というか、間違いなくこの〝一本道の通路〟に入ってからだ。

今までは十字路があったり、左右に曲がる通路があったりと入り組んでいたのに、この通路に入ってからただひたすらに真っ直ぐ真っ直ぐ進んでいくだけ。

「……近づいてるんだ。感じるか？　センセー」

「は、はい……肌が、痺れますね」

通路を進んでいくごとに、足が重くなっていく。地中から伸びる手が俺の足を取り、歩みを止めようとしているような……そんな錯覚に陥る。

毎度毎度、ダンジョンの空気は俺を虐めすぎじゃないか？　ズルいだろ、そうやって人の精神動揺させてくるの。

でも知ってるか？　そうやって最初はビビらせても、俺たちはすぐに克服してきてるんだぜ？

「今度も、やってやるさ」

足が、止まる。

通路の、最奥。行き止まり。

その壁一面に描かれた、五芒星。それを中心にして周囲に書かれた、解読のできない文字。

唾を飲み込み、俺はみんなと目を合わせる。

同じ気持ちだったのか、みんなも俺の方へ視線を向けていた。

強い意志を感じる、良い目だった。

センセーの前髪の向こうに見える目には一切の澱みがなく、覚悟を決めた強い光の灯った瞳があった。

俺は言葉を放たず、コクリと一度頷く。

それに応え、みんなもコクリと静かに頷き返す。

「よ～し……お前たち！　いっちょ、ボス攻略。しちゃいますかぁ！」

意気揚々と、ポータルに手を置くと、ポータルに手を伸ばした。

ポータルに手を置くと、身体の重さが一瞬だけ無になり魔方陣へと身体が吸い込まれていく。

階層移動が、完了する。もう、次の階層にポータルはない。

そこには、ボスが座しているのだから。

まず目に飛び込んできた光景は、思わず感嘆するほど美しいものだった。
壁一面に並んだステンドグラスからは、陽の光が優しく差し込みこの広大な〝大聖堂〟を照らしている。
天井は、〝なかった〟。無限に上へ上へとステンドグラスが並び続け、その終わりは人間の目で見ることは叶わない。

その光景だけで、この場所が普通の場所でないことを改めて理解する。

「――ヨウコソ。我ガ聖堂へ」

「ッッ!?」

大聖堂の最奥。十字架に人の骨が縛りつけられた祭壇の前に立つ、人型のモンスターが明確な人語によって俺たちを迎えた。

全身の毛穴がブワッと開き、嫌な汗が吹き出てくる。

祭壇の前に立つ怪物――身体は人であるが、その頭部は牛の頭蓋骨。

眼を失った眼窩には不気味な黒いモヤが溜まり、赤い光が薄らと浮かび上がり俺たちを捉えて放さない。

その怪しい光に目を離せずにいると、ソイツはゆっくりと一歩踏み出した。

角にぶら下がる灰色に燻んだ古い王冠が、カランと軽い音を立て、揺れる。

後ろで手を組み、酷く落ち着いた雰囲気でゆっくりと歩みを進めてくる。

経年劣化により破れ、解れた、司教服というより古びた布を体に巻きつけている。それがヒラヒラと揺れ、その隙間から覗く肋骨、背骨、骨盤がその身体に肉がない、完全なアンデッドであることを理解させた。

――強い。

空間と、奴の迫力に気圧され、一瞬遅れて鑑定眼を発動させる。

【鑑定眼使用による鑑定結果を表示します】

『骨教司教クラウングレイス／階級＝Ｃ＋』

「ッッ。Ｃ＋級。強いとは思ってたけど、ここまで迫力が違うのかッ。みんなっ！　相手は完全に格上、絶対に気を抜くなよ！　骨だけのアンデッドに斬属性は効かない！　あのほっそい骨を折るつもりでブン殴るぞ！」

圧倒的な重圧を跳ね返すつもりでいつもより大きな声でみんなを鼓舞するが、クラウングレイスはそれを鼻で笑い、〝可愛らしい〟という雰囲気を持たせた声音で俺たちに語りかけてくる。

「フフ、怖イ怖イ。肉ノアル貴方タチト違イ、一度折レルト再生ガ段違イニ大変ナノデ、ソノ方法ハゴ遠慮願エマセンカネ？」

「黙らっしゃい。声が二重って聞こえて気持ち悪い！」

「オヤオヤ、コレハ悲シイ。デハ、私ガ発音デキル　言葉デ、一番綺麗ナモノヲ貴方ヘ――骸歌『屍は朽ち果てど立ち止まれず』」

「ッ！　特殊能力だ！　構えろ！」

「先手、は、私が……！」

クラウングレイスが両手を広げ、何かしらの能力を使用しようとしている隙をセンセーは逃さず炎属性の魔法矢を放った。

「無粋」

片手で矢を撃ち払い、なんの問題もないと能力の行使を完了するクラウングレイス。

その証拠に、奴の周りを人の頭蓋骨が5つ中空を浮遊していた。

「寂シイノデ、私モ仲間ヲ用意シマシタ」

浮遊していた頭蓋骨に、どこからか足りていなかった骨が集い人の形を成していく。

その数、5体。各々が剣や斧、槍などの武器を手に握っている。

「仲間を呼ぶタイプかよ……！」

最初に挑むダンジョンボスにしては曲者過ぎるだろ！　普通は1体で戦ってくれんのがセオリーってもんでしょうよ！

愚痴を溢しつつすぐさま鑑定眼を召喚された骨に使用し、階級を確認する。

あれでD級とかいったら泣くからなマジで――！

【鑑定眼使用による鑑定結果を表示します】

『骨教人形グラスボーン／階級＝F』

「うっわ地味にウゼェ、あの骨F級か！　注意してれば怖くないぞ！　カーくん、雷撃麻痺で動きを止めろ！」

「ガァ！」

今までは狭い通路でカーくんたち、黒怪鳥アンダリスの本領は発揮できていなかったがここは広く天井も高い！

　空から魔法を撃ちまくるカーくんたち本来の戦い方ができる！

「考エガ甘イデスネェ。骸歌『四散無惨。死してなお浮かばれず』」

　カーくんが上空で雷魔法を放とうとすると、グラスボーンの１体がもう１体のグラスボーンを掴み、カーくんめがけてそれをぶん投げるや否や、投げられたグラスボーンの身体を黒い光が包み――爆ぜた。

「ガァッッ！」

　グラスボーンを構成していた骨が細かい礫となり、四方八方へ散弾銃のように飛び散った。

　間近で骨の散弾を浴びたカーくんはバランスを崩すが、追撃の危険を感じたのかすぐさま俺たちのもとへ降りてくる。

「カーくん！」

「ガ、ガァ……」

　爆風のような属性ダメージは見られず、頭部や心臓部は大丈夫だったがそれ以外の身体を骨片が貫いていた。

　クソ、今のでカーくんの５６００あったＨＰが５１００まで一気に削られた！

　一撃必殺ではないが、ＨＰを削る技としては滅茶苦茶強いッ。

「やっぱポーション取っておいて良かったなっ」

すぐさまポーションをカーくんの身体に振りまき、傷口を癒しＨＰを回復させる。

「智さん！」

「っ！」

センセーの言葉ですぐさまクラウングレイスへ目を向けると、そこには手下のグラスボーンを全滅させられた奴の姿が。

自爆攻撃は痛かったが、それを見たみんなが何かさせる前に倒してくれたか！

「ククッ」

自分の手下を倒されたはずなのに、クラウングレイスは腕を組み静観する姿勢を崩していない。

訝しげに眉根を寄せていると、クラウングレイスは「クックック」と煽るように笑いはじめた。

「チョット遊ンダダケデ、フフ、随分必死デスネ？　人形ニ向カッテ、真剣過ギル。クックック」

手で口を隠し、上品な仕草で俺たちをコケにする態度に「あぁ、ボスモンスターっぽいな」という感想を抱く。

ナチュラルに人を煽ってくるあの感じ、ゲームでよく見るわ。

「実際にやられると、ムカつくなッ」

「イヤイヤ、ツイ。躍起ニナッテ人形ヲ壊スモノデ可笑シクテ可笑シクテ……骸歌『屍は朽ち果てど立ち止まれず』」

「……ッ！」

再び、クラウングレイスの周りを浮遊する5つの頭蓋骨。

「クックック。マダマダ……遊べマスヨ？」

再び現れた5体のグラスボーン。

おいおい、永久湧きかよあの骨！　意識をクラウングレイス以外に割かれるのは嫌だが、幸いF級だからステータスが高くないのが救「骸歌『屍は生者への渇望に取り憑かれている』」

──んもぉぉぉなんだよ次は!?

クラウングレイスが祈りを捧げるように両手を合わせると、グラスボーンの身体を灰色のモヤが覆う。

雑魚モンスター生成、それを操るボス。ボスの能力行使で様子の変わる雑魚モンスター……これから弾き出される答えはッ。

「──バフだ！　ステータスが変わるぞ、普通のF級モンスターだと思って戦うな！　余計な傷を作るなよ！」

「フム、ヤハリ貴方ガ先導者デスネ？　連携ヲ取ラレルト面倒デス。人形ニ気ヲ取ラレテイル間ニ、貴方カラ先ニ殺リマショウカ。【初級魔法・闇/黒弾】」

祈りを捧げていたクラウングレイスは手を解き、両掌に漆黒の球体を生み出し、それを俺に向かって撃ってきた！

先に俺を殺るって？　野晒しの弱点である俺が、なんの対策もしてないと思ってんのかよ——！

「蛇丸！　スネちゃま！　【スケイル・ハンマー】！」

「シャラララァ！」

俺の両脇に控えていた2体は俺を守るように前に出て、向かってくる黒弾に特殊能力【スケイル・ハンマー】を放つ。

【スケイル・ハンマー】は能力使用時、大怪蛇ヴェノの尻尾部分の防御力上昇、攻撃力上昇効果を付与する能力。

蛇丸たちの尻尾が2つの黒弾を撃ち払い、俺に届くことはなかった。

硬質化した尻尾の鱗に傷はついていない。初級魔法って言っていたから、あまり威力は高くないんだろう。

「自分ノ視界ヲ、デカブツデ潰ス。利口トハ言エマセンネ」

「んなッ!?」

背後から囁かれる、クラウングレイスの声。

今の一瞬で背後に回って……なんて速さしてやがんだよ、ほぼ瞬間移動じゃねぇか！

「でもさ、背後に回って敵に語りかけるテンプレなんて今じゃ通じないぜ？」

「ナニヲ――ッ!?」

「ガルルァ！」

特殊能力【野獣危勘】。危機的状況、または自分たちへ危険が降りかかるものを事前に察知する能力。

今の場合、俺に危険が迫ることをいち早く察したヨシコがすぐに俺のもとへ戻って来ていたんだ。

クラウングレイスの死角から殴りかかったヨシコの一撃ではあったが、咄嗟の反応で腕を交差させ防御し直撃を免れるクラウングレイス。

しかし、素手で攻撃をした時にステータス補正がかかるライカンスロープの一撃。

衝撃まで逃がすことはできず、クラウングレイスは打たれた球のように弾かれた。

「グルル……！」

歯茎を剥き出しに、相手を威嚇するヨシコ。

そのヨシコに続くように一太郎、ボタンちゃんたちもグラスボーンを片付けて俺のもとへ戻ってきた。

腕を交差させたまま、その様子をジッと見ているクラウングレイス。

「……フム？　怪人狼カラ、想定ヲ超エル力（ちから）デ殴ラレマシタネ。貴方タチ人間ノ言ウ、D級モンスターカラハ考エラレナイ。支援魔法ヲ使ッタ痕跡（こんせき）ハナイ。ハテ、何ヲシタノカ聞イテモ？」

「馬鹿（ばか）正直に話すわけねぇだろ」

「フフ、怖イ怖イ。怪人狼デコレナラ、ソチラノ白頭ハ想定ノ遥（はる）カ上ダト考エタ方ガ良イデスネ。近ヅカナイヨウニシマショウカ、ネェ？」

ヨシコの一撃を受けた両腕を「痛イ痛イ」とわざとらしく揺らし、骸歌を唱（とな）え再び5体のグラスボーンが呼び出される。

「あの技（わざ）、後隙（あとすき）なさすぎるだろ！　ナーフしろナーフ！」

だが、クラウングレイスは今までと違う動きを見せる。

その身体を人の形に構成している最中のグラスボーンを無造作（むぞうさ）に掴むと、力任せに俺たちへ投げ飛ばしてきやがった！

連投。5体のグラスボーンが身体を構成しながら俺たちのもとへ高速で飛来し――

「骸歌『四散無惨。死してなお浮かばれず』」

――爆散した。

「ッツ！　密集！」

俺のもとへ集っていた全員が、俺とセンセーを守るように身を寄せ合う。

一番内側に一太郎たちが、その次にヨシコ、その外を身体が大きく頑丈なボタンちゃんたちと蛇丸。

宙を飛ぶ2体は少しでも被弾数を減らすため、風魔法で飛来するグラスボーンを撃ち落としてくれていたが、C＋級の膂力で投げられた人骨の勢いは想像以上に速く、3体は俺たちの間近で爆散した。

ザクザクザクザクザクザクザクザクッッッ。

「……！」

骨片が地面に突き刺さる音、みんなの身体に突き刺さり貫通する音が、痛みを押し殺すために呑み込む息の音が聞こえてくるっ。

特に一番外側にいたボタンちゃん、猪助、蛇丸、スネちゃまはかなりダメージを食らったはず。

ポーション……いや、速さのない4体はクラウングレイスに近づくだけでも苦労する。

「なら、今は……センセー、目眩しに奴の顔面めがけて矢を！　カーくん、すーちゃん！

雷魔法と風魔法を奴に向けて撃て！」

「はい……！」

俺の声を合図に、密集陣形を解く。

みんなが退く最中、その隙間からセンセーの矢が不意打ち気味にクラウングレイスへ放たれる。

それと時間を空けて、雷魔法と風魔法が奴へ迫っていた。

新たなグラスボーンを呼び出そうとしていたようだが、それを中断して後ろへ跳ぶことで避けられる。

「骸歌『屍は……オット」

センセーの矢、雷魔法と風魔法は虚空を通り誰もいない地面に着弾。

「危ナイ危ナイ。能力ノ使用中ニ攻撃ヲスルノハ、最初ニ言ッタ通リ無粋ダト……オヤ？　4体足リテイマセンネ？」

奴は腕を組み、指を顎に当て不思議そうな声音で呟く。

俺はボタンちゃんたちの脚の速さではクラウングレイスに近づくのに骨が折れると考え、奴がセンセーの矢と魔法に気を取られている間にヨシコや一太郎たちでボタンちゃんたちを隠し、匣水晶の中へしまったんだ。

確認すると4体は総じて500前後のダメージを食らっていた。やっぱりあの骨散弾は削り性能が高い。

全回復は無理だろうが、数分も経てば200くらいは回復できる。ポーションを節約するために、今は俊敏性に優れ小回りのきくヨシコや一太郎たちをメインに立ち回る。

一番大事なのは、奴に匣水晶への〝出し入れ〟を見られないことだ。

「……ハテ、ハテハテ？　謎デスネェ。アンナ巨体ガ……瞬時ニ姿ヲ消ス。トイウヨリ、コノ聖堂ニスラ居ナイ？」

〝ボス〟モンスターのクセに、俺たちの手の内を探り対策しようとしてやがる、あの骨。

ボスキャラがやっていいことじゃないぞ、それは。

攻略はこっちの武器って相場が決まってんだろう。

ただまぁ、これはゲームではなく現実。明確な意思があるモンスターである以上、時間をかければ俺たちの動きを見切り、対策をされる。

好きに考えろ、俺たちの攻略法。見つければいい。お前がひとつ考えたら、俺たちは二つ三つを考え出せばいい。

「……こっちはもう、〝兆し〟が見えてきたぞ？　攻略法の、な」

クラウングレイスの行動でわかったことが、まずひとつ。

奴は骸歌、魔法を唱えている時に〝動けない〟。骸歌を唱えながら魔法を撃つという、強力な同時攻撃を仕掛けてこないのはソレが理由だろう。

センセーの矢と魔法を避ける時にわざわざ骸歌を中断してまで避けたことから、骸歌を唱えながらの行動を取れないのはほぼ確。

魔法に関しては確信している。

さっきの黒弾も、撃ったと同時に俺へ迫っていればヨシコの一撃すら入っていなかったはずなんだ。

俺の眼は、ちゃんと捉えていたぞ。魔法を使用した後の、僅かな動きの静止を。

クラウングレイスには、魔法使用後に僅かに動けない時間が存在する。

だから、ヘイトを分散させる役割のグラスボーンを呼び出す。

だから、必要以上に俺たちとの距離を詰めない。

俺を先に狙ったのは、状況を見定め弱点を見極める先導者という存在を嫌がったから。

見えてきたぞ、クラウングレイスというボスモンスターの攻略法。

戦闘スタイルとしては見た目通り、近距離には強くない。ヨシコの一撃を受けて飄々としていたからC級モンスター相応の防御力は持ち合わせている。

でも、そこまで高い数値じゃあないだろ？　嫌でもステータスは伸びるものと伸び難いものの二つに分かれる。

一太郎たちはバランス型ゆえにステータス自体が伸び辛く、ヨシコたちは攻撃と速さに優れ、守備が劣る。

クラウングレイスは魔法と速さに優れているタイプ。守備力も相応にあるが突出はしていない。

そして、主要となる戦闘法が魔法頼りなのならば——俺たちを倒すより先にＭＰが枯渇する。

戦いが長引けば長引くほど、不利になるのはクラウングレイスのほうだ。

もうひとつのわかったことは、グラスボーンが呼び出される初期位置はクラウングレイスの周りにしか指定できない。

自分の周りに呼ぶ必要がないのなら、俺たちの足元へ呼んで爆散させられるはずだからな。不特定の場所に設置して地雷（じらい）のようにする使い方もできるのに、それをしない。

わざわざ自分のもとへ呼び、自分で投げるなんて手間（てま）をかける必要はない。

思えば、奴は俺たちと距離を置いた場所でしかグラスボーンを呼び出していない。

一番足の速いヨシコたちライカンスロープでも一瞬では辿（たど）り着けず、魔法を撃たれても見てから避けられる絶妙な位置取り。

近づかれるのを嫌う、魔法職の典型（てんけい）的な立ち回りだ。

奴の言う「能力の使用中に攻撃を仕掛けるのは無粋」っていうのは、もしかして何かしらの示唆（しさ）なのかもしれない。

示唆か否（いな）かの真相は置いておくとして、俺が気づいたことをみんなと共有し、積極的にクラウン・グレイスに〝接近戦〟をしかけようと提案する。

「グラスボーンを呼ばれても、奴の近くにいれば骨の散弾は使ってこない。弾けるっていう性質上、自分が近くにいると巻き込まれるからな。魔法の後隙もある。要は、近づけば俺たちガン有利ってわけ。極論、クラウングレイスに接触できる距離にいるならグラスボーンは放置で構わない。

「つ～わけで、詰めろ。徹底的に。奴の逃げるルートを限定させるんだ。そこまでいけば、勝利の道筋に光が差す。しゃあッ！　わかったら行け行け行けぇ！　詰めろ詰めろ詰めろ！」

俺の声を合図に、全員でクラウングレイスへ向かい走り出す。

迷うことなく一直線。骸歌を唱えようとしても無駄だ！　遠距離攻撃をできるのは自分だけのお前と違い、こっちには1人と2体いるんだからなぁ！

一番最初にセンセーの攻撃を掻き消せたのは骸歌を唱え終わっていたから。唱えている最中なら、奴は避けざるを得ない。

「クッ……！」

速さを活かし、俺たちと距離を取ろうとするのを先読みしてカーくんたちに魔法を撃たせることで進行方向を制限させ、俺はクラウングレイスの逃げる方向を誘導する。

無論、ヨシコたちの圧もルート潰しに一役買っていた。

「狙い通りぃ……！」

魔法が撃たれた真反対へと向きを変え、なおかつヨシコたちの攻撃が届かない方向へ駆け出そうというその瞬間に狙いを定めていたんだよぉ、こっちは！

ポケットから5つの匣水晶を取り出し、予想していた逃走方向へ向けて投げつける！

数打ちゃ当たる戦法！　どれかひとつに当たりやがれ！

「ッ！　コレハ――」

無理矢理に変えた逃走方向。体勢を強引に変えた代償（だいしょう）として、クラウングレイスは咄嗟に投げられた匣水晶（カプセル）を避けられるほどの余裕を失っていた。

それでも避けようと試（こころ）みるが、残念。匣水晶（カプセル）が、クラウングレイスの足に触れる。

匣水晶（カプセル）から放たれる光は瞬時にクラウングレイスを覆い尽くし、強引に匣水晶（カプセル）の中へと閉じ込めた！

「かかったぁ！」

匣水晶（カプセル）。ただ、モンスターを捕まえるだけの便利な道具だと侮（あなど）るなかれ。

ドルベロスに使ったように、足止めとしても使えるこの匣水晶（カプセル）。

強力なのは、その〝拘束力（こうそくりょく）〟。

どんなモンスターであろうと、〝必ず〟匣水晶（カプセル）の中へと取り込むことができる。

一瞬の拘束力で言えば、これ以上に強い特殊能力（スキル）なんて存在しないとさえ思う。

だが一瞬だけだ。体力をほとんど削られていないうえに、C＋級のモンスター。捕獲（テイム）に対する抵抗力は今までのモンスターの比じゃない。匣水晶（カプセル）からすぐに出てきてしまうだろうな。

〝必ず〟出てくる――だから、そこを狙う。

出てくるのは、匣水晶（カプセル）からと決まっているんだから。

「ガァァァアア！　ナ、ナンダコノ能力ハ――――！」

匣水晶（カプセル）がヒビ割れ、甲高（かんだか）い音と共に破壊される。

身体を覆っていた光を散らしながら、クラウングレイスは想像通り匣水晶(カプセル)の中から脱出してみせた。

その瞬間。匣水晶(カプセル)から、光が漏(も)れ出た瞬間。クラウングレイスが出現する、その瞬間。

俺の手にある匣水晶(カプセル)から、〝ソイツ〟が飛び出す。

飛び出すのと同時にタブレットを操作し、《特殊能力交換習得(スキル)》の項目からあらかじめ選択しておいた【攻撃力上昇・Lv.4】×5を──ボタンちゃんへ！

「ボタンちゃん！　【強振白斧腕(ホワイト・ラリアット)】ッ！」

「ナッ!?　イッタイ、ドコカラッ──！」

「──ブルァァァァァァァァァッッ!!」

困惑(こんわく)するクラウングレイスのその顔に、白い巨腕がめり込んだ。

【強振白斧腕(ホワイト・ラリアット)】を直撃させたボタンちゃんは、その衝撃と勢いを逃すまいとそのままクラウングレイスを地面へ叩(たた)きつける。

叩きつけられたクラウングレイスを中心に蜘蛛(くも)の巣状に大地がヒビ割れ、轟音(ごうおん)が鳴り響き、砂塵(さじん)が舞う。

ヨシコが与えたさっきの一撃とは違い、完全な隙をついた防御すら許さない完璧(かんぺき)な一撃。

攻撃力上昇に加え、【強振白斧腕(ホワイト・ラリアット)】のバフ効果で与えた攻撃は普通のD級を遥かに凌(しの)ぐ。

たとえC級といえどかなりのダメージを負ったはずだ。

ダメージを負い動きが鈍った好機を逃す俺じゃないぞ！

「麻痺雷撃で動きを――」

「――調子ニ、乗ルナヨッッ！　【初級魔法・闇／黒波動】ッ！」

「んなッ!?」

勢いよく立ち上がったクラウングレイスは瞬時に魔法を発動させ、黒い衝撃がドーム状に放たれ吹き飛ばされた俺たちは強引に距離を離される。

もの凄い勢いで飛ばされはしたものの、ダメージはない。すぐに体勢を立て直した一太郎が、地面に打ちつけられる前に俺を抱き止めてくれた。

一太郎に降ろされた俺はクラウングレイスへ目を向けると、フラフラと覚束ない足取りで立ち上がっている。

眼窩部分にはヒビが入り、黒いモヤが血のように漏れ出ていた。

「……ん？」

立ち上がった奴は、真っ先に自分の角へ手を伸ばしナニカを確認した後、ヒビ割れた眼窩をさする。

……攻撃の直撃を受けた顔ではなく、先に角を気にした？　その角に目を向ければ、あるのは灰色に燻んだ王冠……王冠？　……王冠……〝クラウン〟グレイス……。

「……おや？　おやおや？」

もしかして、お前。そういうことか？　お前の〝本体〟は骨じゃなくて――それ？

一瞬。俺が思考の海に深く沈んでしまった時、

「骸歌『屍は朽ち果てど立ち止まれず』！」

奴に骸歌を唱えさせる隙を与えてしまった。

再びクラウングレイスの周囲を5体のグラスボーンが……いや、〝増えてる〟？

呼び出されたグラスボーンの数は、10。

さっきの倍であり、そこまでの数になるといくらF級モンスターといえど話は変わる。

実質、奴ら(グラスボーン)はモンスターというよりも動く爆弾だ。アレを気にしながらクラウングレイスの相手をするとなると面倒だな。

だけど、アレは奴がようやく本気を出してきたっていうことだろう。さっきまでの飄々とした胡散臭い(うさんくさ)雰囲気をまるで感じない。

本気を出した。つまり、それだけのダメージを負った。

C級モンスターのHPを〝削れた〟という証拠に他ならない。

「危険デスッ。オ前ハ、危険過ギル……！　私ガ、何ノ、何ノ抵抗モデキズニ一瞬デハアルガ封印(ふういん)サレタ……！」

プルプルと震える姿に、さっきまでの余裕はない。

俺に対するヘイトがＭＡＸってか？　それならそれで、〝好都合〟。

俺の視線の先……俺にヘイトを向けるクラウングレイスのさらに先。

魔法により飛ばされたライカンスロープのゴンザレス、センセーと目が合う。

――〝頭を指差し、タブレットを掲げる〟センセーとだ。

センセーも見ていたんだ、奴が咄嗟に角に手を伸ばしナニカを気にしていたのを。

あの角にある、王冠を自分の身体よりも先に気にしていたのを察した。

だからセンセーは、あの王冠を奪おうとしているんだ。

センセーの能力は、効果範囲内にあるアイテム、装備を強制的に強奪する能力。

確かにあの王冠がアイテムであればセンセーの能力で奪うことができる。

奪って何かが起きるのかはわからないが、奪う価値はあるッ。

となれば、俺がやれるのはひとつ。

センセーの行動に気づかれないように、クラウングレイスのヘイトをさらに稼ぐ！

「はは、そんなに俺の能力が怖かったか⁉　5体しか呼んでなかったグラスボーンを10体も呼んじゃって。さっきまでの余裕はどうした！　やれやれとか首を振ってやがっただろう！　俺が代わりにやってやるよ。やれやれ、C級モンスターもネタが割れれば大したことないなあ？」

「グゥッ！　【中級魔法・闇……クソッ。足止メモデキナイトハ、使エナイ人形デスネェ！」

怒髪天。眼窩に溜まる黒いモヤを勢いよく噴出させ、奴は魔法を発動させようとしていたが、横から赤井さん（青鎧ブルーナイト）が狛犬（双犬獣オルベラム）の背に乗り剣で斬りかかる。

「邪魔ナ……！」

　クラウングレイスはすぐ近くにいたグラスボーンの頭を掴み、力任せに赤井さんへ叩きつけようとしたところで、双犬獣の真価が発揮される。

　双犬獣オルベラムは2体で1体と数えるモンスター。赤井さんが跨る狛犬とは別の片割れが、グラスボーンを掴んだ腕に噛みついた。

「ガゥルルル……！」

「コノッ」

　噛みつかれたことを瞬時に理解したクラウングレイスは掴んだグラスボーンを離し、その離したグラスボーンの上に狛犬を押しつけて……まさか！

「骸歌『四散無惨。死してなお浮かばれず』」

「ギギャッッ」

　ゼロ距離から骨の散弾を食らってしまった狛犬は、一瞬にしてHPを失いその身体を光にして消えてしまう──のは、計算通りだと言わんばかりに、赤井さんの下でニヤリと笑う狛犬。

【喪失強化】発動。

　効果は、双犬獣オルベラムが倒された時に前ステータスを＋２００。

跳ね上がるステータスは、顕著（けんちょ）に現れた。格段に速くなった足で縦横無尽（じゅうおうむじん）に駆け、クラウングレイスを攪乱（かくらん）させることに成功した。

そこへ乱入する、ヨシコたちライカンスロープ隊。二ノ助（にのすけ）たち、進化（エヴォルブ）ゴブリン隊。それに続く赤井さんと狛犬（コマケン）。

四方八方から繰り出される総攻撃に、クラウングレイスはとうとう骸歌を唱える隙を失った。

「良いぞ！　完全に流れを取った！」

流れが俺たちに来ていると、さらなる追い風が吹く。

「――智さん！　お、王冠、と、盗（と）れましたぁ！」

あのセンセーが離れていても聞こえる大声で叫んだ。

見れば、あの角にかかっていた灰色の燻んだ王冠はなくなっていた。

やっぱりあれアイテムだったのか！

「ッツ！　ア、アァァァアアアアアッ！　ナ、ナイ!?　ナ、ナンデ、ドウヤッテ……!?」

王冠を奪われたクラウングレイスの豹変（ひょうへん）ぶりは、凄（すさ）まじかった。

王冠がその角にないとわかると、攻撃もなにもかもを放棄（ほうき）し、頭を抱え、跪（ひざまず）き、プルプルと震え出し――

「降参（こうさん）！　ダメ！　ムリ！　ヒィイイイ、オ、オ助ケェ……！　皆サンヲ殺シタリトカ最初カラスルツモリナカッタンデスゥ……！」

「…………………え？」

１８０度変化した態度に、静寂が訪れる。

いや、クラウングレイスがずっと「オ助ケクダセェ、オ助ケクダセェ」と連呼しているから静寂ではないのだが、俺たちの時間は間違いなく止まっていた。

……え？　誰、コイツ。

カタカタと骨を鳴らしながら、頭を抱えて跪いている。

その姿は、さながら神に救いを祈る信徒のような姿だ。

とてもじゃないが、さっきまで俺たちに軽くない傷を与え、互角に戦っていたC級モンスターの力なんて感じない。

演技？　いや、違う。本当に〝なんの力も凄み〟もないんだ。

聖堂に佇んでいた、あの骸の聖職者。溢れ出んばかりの重圧。それが、なんの跡形もなく消え失せている。まるでプレッシャーという服を脱ぎ捨てたかのように、綺麗サッパリと。

「……鑑定眼」

【鑑定眼使用による鑑定結果を表示します】

『獣骨人スカルグレイス／階級＝Ｅ＋』

「……ラ、階級が、下がってる？　というより、別モンスターじゃないかっ」

「ハイ、ハイ。迷宮装備ヲ奪ワレタラ、私ナンテシガナイ骨デシテ……」

「迷宮装備(ダンジョン・アイテム)……？　センセー、コイツから奪った王冠を俺に」

「は、はい」

センセーがアイテムから王冠を取り出し、それを俺のアイテム欄(らん)に入れて所持アイテムから王冠を選び、詳細(しょうさい)を開く。
・『灰色の骸冠(がいかん)』
・灰色に燻んだ、名も亡き王の冠(かんむり)。
・ステータス向上能力なし
んん？　おいおい、なんの能力もないじゃないか。迷宮装備(ダンジョン・アイテム)なんて大袈裟(おおげさ)な言い方をしていたけど、ただの古い王冠じゃないかコレ。

訝(いぶか)しげな目でクラウン……いや、スカルグレイスに視線を向ける。

「イヤ～、ソノ、私ノ専用装備ト言イマスカ……エット、ダンジョンボスノ私ダカラ意味ノアル装備デシテ……返シテイタダケルト」

「あ～、そっか。ならコレはお前に……てなるわけないだろう。永遠にタブレットの中だ」

「アハハハ、デ、デスヨネ！」

俺に頭を下げながら、周りに立つ一太郎たちにも「ドウモスミマセン、スミマセン」とひたすら平謝(ひらあやま)りする姿を見ると完全に毒気を抜かれてしまった。

鑑定眼からもコイツの階級(ランク)がＥ＋級ということがわかっている。

弱気な姿勢ではあるがE級。普通のオークより上の階級(ランク)だから、モンスターとしてはそこそこ強いはずなんだが……正直そこらへんのF級モンスターより弱そうに見える。

「でも一応……カーくん、電撃麻痺(パラライズ)」

「ガァ」

「アヒンッッ！」

バヂンッッという電撃の音を鳴らし、倒れ込むスカルグレイス。

過剰(かじよう)なくらい身体をビクンビクンと震わせて、さながら陸に上がった魚状態。逆に危ねぇ、ほらみんな下がれ。角刺さるぞ。

俺は赤井さんの後ろに隠れ、空(から)の匣水晶(カプセル)をスカルグレイスに向けて放り投げる。

「アイタッ」

情けない一言を呟いて、スカルグレイスは匣水晶(カプセル)の中へと吸い込まれていった。

数秒後。王冠を被(かぶ)っている時と打って変わってなんの抵抗もなく簡単に捕獲(テイム)が完了。

呆気(あっけ)ない幕切れとは、こういうことだろうか。思わず、激戦の跡である大聖堂を眺(なが)めてしまう。

そうそう、あの場所で骸歌で骨散弾を食らい、あっちでボタンちゃんの【強振白斧腕(ホワイト・ラリアット)】を……と記憶を遡(さかのぼ)り、改めて地面に転がる匣水晶(カプセル)に意識を向ける。

いや、呆気な。マジかお前。

　本当に捕獲(テイム)できて……うん、間違いない。タブレットで捕獲(テイム)モンスターのステータス一覧(いちらん)を見ても、獣骨人スカルグレイスという項目が追加されているから捕獲(テイム)は成功している。

　スカルグレイスの入った匣水晶(カプセル)を手に取り、コンコンと叩き「出てこい」と一言。

　匣水晶(カプセル)から光が放たれ、スカルグレイスが女の子座りで現れた。イラっとした。

「エ、エ、エ？　ナ、何事？　アレ、モシカシテ貴方ハ……私ノマスター？」

　いちいち身体を震わせながらじゃないとリアクションできんのか？　コイツ。

　両手を合わせ「貴方ガ神カ……」と震えるスカルグレイスをジト目で見つめる。

「おい、会話はできるか？」

「ハイハイ、会話ダケガ私ノ取(と)リ柄(え)ナンデス」

「ほぉ、心強い。じゃあ、質問なんだが……なんで人の言葉を喋(しゃべ)れる？　ダンジョンが現れて一年。人と会話をするどころか、人と意思疎通(そつう)をするモンスターなんて聞いたこともない。コイツらは俺の能力で捕獲(テイム)したから例外。でもお前は違う。俺が捕獲(テイム)する前から、俺たちを煽ったりしてくれたな。人の言葉で。それは迷宮装備(ダンジョン・アイテム)、もしくはダンジョンボスだからか？」

「イエ、ソレハ私ガ特例種(ユニーク)ト呼バレルモンスターダカラ……ラシイデス」

「特例種(ユニーク)……？　聞いたことないけど」

　らしい、という誰かから教わったかのような言い方に引っかかりを覚えるが、今は先に情報が欲しいため、あえて流し、スカルグレイスの話に耳を傾ける。

「私モ最近知リマシタ。自分モ他ノモンスタート何カ違ウナァ～ト思ッテイタンデスガ、エエ、マサカ自分ガ？　ト驚イタモノデ……」

「ああ、ＯＫＯＫ。お前が最近知ったのはわかった。それで、特例種(ユニーク)って？」

「ア、失礼。特例種(ユニーク)トイウノハ文字通リ、特別ナ例トイウコトデス。普通トハ違ウ出自、成長ヲ遂(と)ゲルモンスター。私ハ、生マレタ時カラ高イ知能ト、人語ヲ喋ル能力ヲ待ッテイマシタ。ダカラE級モンスタートイウ決シテ高クナイ階級(ランク)デモ流暢(りゅうちょう)ニ喋ッタリデキルノデス」

「へぇ……なるほど、特例種(ユニーク)。そんなのもいるのか。これからは気をつけないと。じゃあ、迷宮(ダンジョン)装備(アイテム)っていうのは？」

「端的(たんてき)ニ言ウナラ、ダンジョンノ礎(いしずえ)ニシテ、ダンジョンヲ生カス核。心臓ト呼ベル物デス。迷宮装備(ダンジョン・アイテム)トハ言イマスガ形ハ様々デ、武器ヤ防具、装飾品、ハタマタ内臓ヤ骨トシテ、ダンジョンボスガ所持シテイマス。私ノ姿ヲ見レバワカルト思イマスガ、ダンジョンボスヲ強化スル力(ちから)ガアルミタイデス。私ハソウ〝教ワリマシタ〟」

　教わりました、か。言葉の端々から誰かに聞いたことを喋っているというのを感じていたけど、いよいよ誰かに教えられた？　という疑問が確信に変わる言葉が出てきたな。

「……教わったって、誰に？」

「──【ダンジョンマスター】トイウ、女性ノ方デス」

「ダンジョン、マスター？」

おいおい、なんだか凄い名前だな。

はじめて聞く特殊能力なのに、俺ってば若干のシンパシーを感じたよ。

特に〝マスター〟ってところに。

名は体を表すとは言うけど、この特殊能力にもそれが当てはまれば……強い、のか？　力の強大さは感じるが、その詳細をイメージできない。

いったいどんな力を、

「——ダンジョンヲ、創レルソウデスヨ」

「……なに？」

「アトハ、既存ノダンジョンヲ〝成長〟サセルトカ。我ガマスターハ、見覚エガアルノデハ？　ダンジョンノ、鼓動。新タナ姿ニ成長スル、ソノ瞬間」

「鼓動……？　まさか」

上板橋ダンジョン、奥地で起きた謎の大地震。心臓のように鼓動するダンジョンに、赤黒い霧……そして、見知らぬダンジョンへの転移。

それが……ダンジョンの成長？

思わずセンセーへと顔を向け、視線で語り合う。

戸惑ってはいるが、センセーは静かに頷いた。

「あれが、成長……？　あ〜、待ってくれ。情報の提供過多だ。一回整理させてくれ……」

ダンジョンを、創れる？　流石にそれは特殊能力の枠に収めていい能力か？　俺の能力も大概だけど、ダンジョンを創れるうえに今存在するダンジョンを成長させるって？　どう解釈しても規格外だ。

だって、そのダンジョンを攻略するために数多くの人間が日夜戦っているんだぞ。

悪く言えば、世界の敵を創造する能力ってことだ。

俺もモンスターを捕獲するが、元から存在しているモンスターを味方にする。決して無からモンスターを創れるわけじゃない。

しかし、スカルグレイスの言う【ダンジョンマスター】は創れる。

〝創造〟という力は次元がひとつ違う。0から1にする、そういう能力はどんな漫画やゲームでも〝壊れ〟って決まってるんだ。

とてもじゃないけど、私はこんな能力を持ってますと軽々しく教える代物と思えない。

なのに、なんでそんな情報を容易くスカルグレイスに与えた？　特例種で知能が高いとはいえ、たかがモンスターだぞ。

現に、【ダンジョンマスター】という特殊能力があることを俺に教えてしまったじゃないか。

「なぁ、そんなとんでもない情報を簡単に教えても良かったのか？　気づかぬ間に殺されてるとか嫌だぞ俺」

『そんなことはしませんよ』

「ッ!!」

突如、聖堂に響き渡る女性の声。

すぐに辺りを見回すがそれらしき影は……ない。

スピーカーを通したかのような声からして、この場にはいない？

【ダンジョンマスター】だからダンジョン内なら好き勝手できますってか？

『ふふ、申し訳ございません。こちらに敵意はない……と言っても、簡単には信じていただけませんよね。でも、私の特殊能力の情報を開示したということで多少は信用していただけませんか？』

「……身の安全の保証がない」

『攻撃をするつもりなら、このダンジョンの中にいる時点で仕掛けています。今、何の攻撃もしていないということが保証と受け取ってください』

「……ここには来れないのか？」

『ゆっくりお喋りができるよう、部屋を用意してあります。入口は、後ろに』

「！」

振り返ると、木製の扉一枚がそこに。

聖堂のど真ん中に、一枚だけ孤立する扉の場違い感が凄まじい。

『そちらの扉を開けてもらえれば、私のいる部屋に入ることができます』

「わかった」

会話は終わりとばかりに、女の声は響かなくなり辺りがシンと静まりかえる。

ただジッと扉を見つめ、本当に入っていいものかと悩む。

「なぁ、スカルグレイス。その【ダンジョンマスター】は信用できるのか？」

「私ハ信用シテイマス。白神霊峰（しらかみれいほう）ダンジョンデ死ニカケテイタ所ヲ、助ケラレマシタカラ」

「白神霊峰？」

「昔ノ名前ハ、白神山地トイウ場所ラシイデス。恐ラク、ソノ話モシテクレルノデハナイデスカ？　アノ方モ、オ喋リガ好キデスカラ。東京ニ来ル道中、色ンナコトヲ教エテクダサイマシタ」

スカルグレイスの話だけを聞くと、良い人なのかもしれないけど……実際に見てもないのに信じ切るというのは流石にできない。

「みんな、匣水晶（カプセル）の中へ。もし何かしてきたらすぐに匣水晶（カプセル）の中から飛び出して攻撃を……あ～いや、さっき言われた通り、ダンジョンの中にいる時点で不利なんだよなぁ」

この場所は【ダンジョンマスター】の掌の上。どれほどの力を有しているかもわからない特殊能力（スキル）を持った人間の掌の上、か……アカン、詰（つ）みや。向こうの話に乗っかるしかないか。

とりあえず、スカルグレイスだけを残して他のみんなを匣水晶（カプセル）の中へ入れ、扉の前へ。

「スカルグレイスが開けてくれるか？」

「ハイハイ、了解デス」

　なんの躊躇いもなく開けたスカルグレイスに「マジかお前」という気持ちが浮かぶが、時間をかけてもしょうがないからな、と渋々気持ちを切り替え……【ダンジョンマスター】の待つ部屋の中へ。

「おじゃましま……す？」

「ふふ、いらっしゃいませ。あまり綺麗な場所ではないですが、好きな所にお座りくださいな」

　扉の向こうには、〝女の子〟の部屋が広がっていた。

　桃色に彩られた空間に、思わずたじろぐ。

　桃色のカーテンに、薄ピンクのベッド、女児に人気のマスコットキャラクターの人形がベッドや棚に所狭しと飾られている。

　その部屋の主人は、のんびりとお茶を飲んでこちらに笑みを送っていた。

「はじめまして、【モンスターマスター】の所有者さん。私が【ダンジョンマスター】の所有者、母浄潤美です」

　黒く艶のある長髪を指ですくい、耳にかける動作には隠しきれない上品さを感じる。

　浮かべ慣れた社交的な笑み、整った顔立ち。伸びた背筋に女性らしい身体つき。

　醸し出すこのオーラ……こ、これは世に言う〝お嬢様〟というやつでは？

ウチのセンセーが出す陰のオーラとはかけ離れた陽の気をこれでもかと感じ、ハッ！

「センセー！　落ち着け、気を確かに……て、アレ？」

「……は、はれ？　さ、智さん……！　ひ、人の前っ、なのに、し、正気が……！」

いや、明らかに手は震えて視線が四方八方に飛びまくっているけど、初めて会った時と比べたら、凄く落ち着けているセンセーの姿がそこにあった。

人の影を見かけただけで震えていたあのセンセーが、自分と同い年くらいの女の子と対面して意識を保っていられるなんて……！

「フフ、貴女のことも見ていたので知っていますよ、萌美先生。極度の人見知りとお見受けしましたので、この部屋には【静心活心】……心を落ち着けて、気分を良くする精神作用のあるバフをかけてあります。アロマのようなものです……けど、それでも完全に落ち着けられませんでしたかぁ」

目を見開き、物珍しいものを見る目でセンセーを見つめる【ダンジョンマスター】こと、母浄さん。

俺と初めて会った時のセンセーはこんなもんじゃない。この程度で驚いていたらあのセンセーを見たら目玉が飛び出るんじゃないかな。

俺は出かけたね。いきなり飛び出てきた人間が目の前でビクンッと震えて大の字に倒れたんだから。

とりあえず、立っていてもはじまらない。

震えるセンセーをサポートしながら、母浄の座るテーブルの前に腰を下ろす。

スカルグレイスは俺たちが座るのを確認してから、俺の隣へ座った。

そんな俺たちに人好きのする笑みを浮かべて、母浄さんは語り出した。

「それでは、楽しいお喋りといきましょう。きっと気になることが沢山(たくさん)あると思いますから、じゃんじゃん聞いてください。全て、お答えしますから」

お喋り開始……の前に「2人にもお飲み物を」とお茶をくれた。

指を弾き、パチンと軽い音を鳴らすと2つのカップが現れ、その中には湯気の立つ淹(い)れ立ての紅茶が。

「これも特殊能力(スキル)?」

「ダンジョンの中限定、と付きますけどね」

ちゃんと美味(おい)しいですよ、と証明するように笑顔でそれを飲む母浄さんにつられるように俺も一口。

……う~ん？　コンビニの紅茶しか知らないから、これが美味(うま)いのか否か。

さも美味いという顔をしているが、よくわからんというのが本音だ。

「えっと、じゃあ美味しい紅茶もいただいたところで……本題に、いってもいいかな？」

「はい、どうぞ。普通の人間との会話は久しぶりです。存分(ぞんぶん)に」

不純物の混じっていない笑みを向けられ、思わずたじろぐ。

長いことセンセーとしか密に接していなかったから、こういう明るいタイプへの耐性が下がってしまっている。

そのセンセーはというと、エヘエへと掠れた笑い声を出しながら紅茶だけを啜っている。文字通りの戦力外。気を失っていないだけ良しとしよう。

俺がやらねば。

「えっと、とりあえずちゃんと自己紹介を。俺は暗内智。22歳。なんで知ってるのか知らないけど、【モンスターマスター】の特殊能力を持ってる。隣の人は萌美優理。数カ月一緒に活動してる仲間で、俺の敬愛する作家さんだ」

「ど、どど、どぅも……」

「よろしくお願いします、暗内さん。萌美先生」

「あ。聞きたいんだけどさ、さっき萌美センセーのことを極度の人見知りって言ってたけど……なんでわかったのかな？」

「私の特殊能力は、ダンジョンの中にいる人間を指定して身体能力、所有特殊能力以外のステータスと、ある程度の個人情報をタブレットで見ることができるんです。そこに人見知りとあったのと、状態異常【恐怖：対象・人】というバッドステータスがあったことから、デバフになるくらい人が怖い、極度の人見知りと推測しました。数カ月一緒に活動している暗内さんにもオドオドしているのを見て、確信に変わりました」

淡々と語る母浄さんの言葉に、口元が引き攣る。

なんだ、その問答無用でステータスを盗み見る能力。ヨシコたちに気づかれていなかったってことは、能力は俺たちに近づかなくても使用できる、恐らく効果範囲はダンジョン内部全域。

母浄さんはそんな俺の表情を読み取ったのか、慌てて否定する。

「あ、違います違います。無敵の能力とかじゃないですよ。勿論、複数の条件をクリアする必要があります。絶対の条件として、私がダンジョンの最深部に辿り着き、ダンジョンボスを倒してダンジョンの支配権を獲得しないと【ダンジョンマスター】の効果を十全に発揮させられません」

「あぁ、そうなの？　ダンジョンの中にいれば無敵の能力なのかとばかり」

「簡単に無敵になれるなら苦労しませんよ」

そりゃそうだ。俺の【モンスターマスター】もパーティの面子が整うまでかなり苦労したし。【ダンジョンマスター】もその条件を整えるまでが大変みたいだな。

「【ダンジョンマスター】の力の一端を話したついでに、私のお話をしてもよろしいですか？　私ばかり一方的に暗内さんや萌美先生のことを知っているというのもフェアじゃないですものね」

手に持っていた紅茶のカップを置き、コホンと軽い咳払いをひとつして優しげな笑みを真面目な表情に変えて話しはじめた。

「改めまして、母浄潤美と申します。私立アリス女学院の2年生でした」

「アリス女学院？　神奈川の名門女子校じゃん。やっぱりお嬢様だったんだな」

「ふふ、もう何も残っていないですけどね。久しぶりに母校へ寄ってみたら、瓦礫の山に緑が生い茂っていました。こうなってしまっては名門校の名前も歴史も何の意味もないですよね」

　フフフ、と口を隠しながら笑うが、なんともまぁハッキリとした物言いが気持ち良い。

　お嬢様っぽいほんわかとした雰囲気の中に鋭い刃のような芯を感じる。

「……ん？　あれ、スカルグレイス。お前、白神山地で助けてもらったって言ってたよな？」

「ハイ。白神霊峰ダンジョンノ近クデ。〝攻略ニ来テイタ〟ンデスヨネ？」

「はい。そうです。ダンジョンに呼ばれたというか……あっ、ちなみに白神霊峰ダンジョンは〝超大型ダンジョン〟ですよ。ご存知でしたか？」

「ヘッ……超大型!?　いや、待て。その前に白神山地って青森県あたりだろ？　神奈川の学校に通ってんのに、どうやって行ったんだ？　交通機関なんて使えないだろう」

「ふふん！　自慢ではないですが【ダンジョンマスター】はダンジョンの中でしか活躍できない能無し特殊能力ではありません。強力な付与師としても戦えます。【速力強化】や【体力上昇】などなど」

　ええ？　やれること多くね？　ダンジョンマスターとか名乗ってるくせに付与もできんのか

い。

……いや、俺が言える立場じゃないか。俺とかやろうと思えばどんな特殊能力でさえ与えることができるし。

魔法使いも、付与師も、剣士も僧侶も、育てようと思えば俺は育てられるからな。

改めて感じる【モンスターマスター】の汎用性の高さ。

「え～、白神山地、いや白神霊峰ダンジョンのことはわかった。入ったのか？　実際に。ダンジョンの中へ」

「入ったと言うより、クリアしてきました」

「く、くく、クリア!?　1人でどうや『正規ルートでは無理でした！　悔しいですが、短縮ルートを使ってのクリアです』……短縮？」

「はい。短縮です。その話の前に、私からひとつ質問をしてもよろしいですか？　暗内さんは、【モンスターマスター】という特殊能力を、凄く強力な特殊能力と思ったことは？」

「常に思ってるよ。破格だ、と。モンスターさえ捕獲できて環境さえ整ったら、正直なんでもできるとさえ感じてる」

「そうですよね。その通りなんです。その認識で間違っていません。正真正銘、私たちの持つ【ダンジョンマスター】、【モンスターマスター】は規格外の特殊能力です。なぜなら、この2つの特殊能力は『ダンジョンシリーズ』と呼ばれる〝世界を護るため戦っていた方たちが持

って いた特殊能力(スキル)〟だからです」

母浄さんが言葉を紡(つむ)ぐほど、先程までのほんわかとした空気は消え去り、ピンと張り詰めた雰囲気だけが場を支配していく。

ダン、ダンジョンシリーズ？　世界を護る？　あれ、俺が今いる空間はゲームのチュートリアルかな？　世界観の説明かな？　と思えるくらいには、突拍子(とっぴょうし)もない名前が飛び出してきていた。

「さっき言った短縮ルートとは、この『ダンジョンシリーズ』を持った人間しか使えないみたいです。最初は普通に攻略しようとしたんですけど、白神霊峰ダンジョンからタブレットに通知が届きました。ダンジョンシリーズを持つ者を確認したから、規定ルートの攻略ではなく、裏ルートを進め……って」

「すまん、ダンジョンシリーズとか世界を護るとか新たな情報が飛び込んできて軽くパニックなんだが？」

「あっ、すみません。そうですよね……でも面白半分で言ってるわけじゃないのはわかってください」

「いや、まぁ……うん。ＯＫ、落ち着いた……その、俺たちが持ってる特殊能力(スキル)が、世界を護る奴らが持ってたものってのは？」

「……そう、ですね。先に言っておくんですが、私は正気ですし、神も信じていません。どちらかと言えばリアリスト側の人間です」

「ああ、了解。それで？」

「暗内さん――天使の存在を信じますか？」

「……天使？」

一瞬呆けたような顔を浮かべてしまうが、母浄さんの顔を見れば真剣なもので、決して冗談で言っているようには見えない。

天使……天使か。すでにモンスターやらダンジョンやらが蔓延っているこの世界でなら、目の前に舞い降りてくる可能性もゼロじゃないだろう。

「ああ。いても不思議じゃない。信じるよ」

「そうですね。モンスターがいるのなら、不思議ではないと思われますよね。ですが、私の言う〝天使〟はモンスターではないんです。言わば、もう一つの人類……人間、なんです」

一呼吸を置き、彼女はカップに口をつける。

その穏やかな動作と対照的に、俺の内心は彼女ほどに落ち着いてはいられなかった。

今も頭の中でダンジョンシリーズ、天使、もう一つの人類という言葉がグルグルと走り回っている。

それでも冷静さを保てているのは、この部屋にかけてあるという付与のおかげなのかもしれない。

「……なぁ、そのもう一つの人類ってやつの話の前にひとつ疑問があってな……なんでそんなにいろんなことを知ってるんだ？」

「ふふ、さも私の知識のように語っていますが、これらは全て白神霊峰……超大型ダンジョンの最奥で【ダンジョンマスター】の前任者から受け継いだ記憶の一端です。ぶっちゃけ、受け売りですね」

今度は前任者、記憶の一端と来たか。ダンジョンシリーズ。世界を護る。天使。

それら全ての情報を教えてくれたのが、超大型ダンジョンの最奥地？

さっきから会話の随所に出てきていると思えば、超大型ダンジョンってばそんな重要な場所だったの？　他のダンジョンと比べて難易度が高いだけの場所だと認識していたけど、母浄さんの話を聞いているとどうも違うらしい。

「今すぐ超大型ダンジョンに挑むわけにもいかない。教えられる範囲で、俺にもその記憶ってやつを教えてほしい」

「余すことなく。いずれ、暗内さんも知ることとです。今は他人から聞くから実感が湧かないでしょうけどね……じゃあ、先程の続き。天使の話を。話と言っても、昔話のようになってしまいますけどね」

そう呟いて彼女は手に持っていたカップを置くと、センセーが飲み干してしまった紅茶のお代わりを追加して話を続けた。

「昔、天使は空に生まれ、天より翼と力を授けられました。人間は大地に生まれ、数と力を授けられました。〝悪魔〟は虚空に生まれ、強大な力だけを授けられ生まれました『ち、ちょちょっ』待って、気持ちはわかります。今は話を全て聞いてください」

子供を叱る母のように強い語気で諭され、話を止める勢いは消え、俺は静かに母浄さんの言葉に耳を傾ける。

「ここからが本題です。天使と人間は、瓜二つの姿で生まれた。唯一違うのは、翼があるか否か。それだけで天使は、私たち地上に生まれた人間を『我々の姿を模した劣等種』と罵り、真なる人類は我々だと主張して……地上に住む人間の鏖殺をはじめました。しかし、地上の人々は天使に怖気づくことなく、戦いました。人間に与えられた力で……その力、わかりますか？」

俺の眼をジッと見つめ、静かに答えを待つ母浄さん。

謎の圧に唾をゴクリと飲み込み、少し考える。

地上に生まれた俺たちには数と力を……俺たち、人間の力？　科学？　いや、昔って言ってるし〝人間の〟力とも言っているから……あ。

「……特殊能力？」

「そうです。地上の人々は特殊能力で天上人、天使を迎え撃ちました。この〝ダンジョンも〟使って。本来ダンジョンとは、私たち人間が攻略するようなものではなく、私たちを護ってくれる砦だったのです。ダンジョンはとても強固で、外からの攻撃を全て防ぎます。その代わり、絶対に中へ入ることが可能な入口を作る制約があった。だから地上の人々はダンジョンの中に身を潜め、ダンジョンを攻略し人間を殺そうとする天使と特殊能力を使い戦った……その戦いで、最も人類守護に貢献したダンジョンは6つ。そのひとつは今、東京に。もうひとつは白神山地に」

「……もしかして、それが超大型ダンジョンか？」

「はい。昔、天使たちは超大型ダンジョンのことを蟻の要塞と揶揄しました。ふふ、でも要塞ということは認めています。現に、超大型ダンジョンだけは天使であっても苦戦したと教えてもらいました」

「……でも、苦戦したってだけなんだろ？　地上の人間側が勝ったなら苦戦したって言わないはずだ」

「……はい。人間は数で優っていても、力に差があり……やがて、その地力の差が明暗を分けました。地上の人々を率いていた先代の『ダンジョンシリーズ』所有者たちは敗北を悟り……悪魔と契約をした」

　悪魔との契約？　字面からすると、とても血生臭いものを連想させるな。

　魂か、生贄か、臓物か。いずれかを差し出せとか言われそう。

　そんな考えが顔に浮かんでいたのか、クスクスと笑いながら母浄さんは俺の疑問に答えてくれる。

「ふふ、悪魔と言ってもアニメや漫画のような血生臭い生き物じゃないらしいですよ。悪魔は契約を大切にし、なんでもかんでも命を差し出せとか言わないんです。契約を交わすことで悪魔はさらに強大な力を行使できるようになり、契約を交わせば悪魔は絶対にそれを守るんです……だから地上の人々は悪魔に契約を申し込んだ。『地上に生きる人間全ての特殊能力(スキル)を悪魔に差し出す代わりに、我々地上の民を天使から護ってほしい』と。天より授(さず)かった力を契約の代償にすることで、悪魔は人間の守護者となった」

　失礼、と一言告げて喉(のど)を潤(うるお)すために紅茶を一啜(すす)り。

「んん」と小さく喉を鳴らし、話を再開させる。

「悪魔たちは私たちを護るために世界を〝2つに分ける〟ことで、天使から私たちを遠ざけた」

「とんでもない力技(ちからわざ)だな」

「その通りです。でも、疑問に思いませんか？　私たちの力は、悪魔に契約の代償として差し出したはずなのに……なぜ、また使えるようになったんでしょう？」

「……あ」

　血の気が引いていくのを、自分でも感じていた。

「――悪魔は、天使に負けてしまった。世界は、元の姿に戻ろうとしているのです」

「……その、悪魔が天使に負けたんだとして。なんで天使は1年以上もこの世界に攻めてこないんだ？　ダンジョンが現れて、俺たちが特殊能力に目醒めてから時間は経ってるぞ」

「天使が来ないのは、まだ世界が戻っている最中だからです。悪魔は幾重にも結界を張ることで世界を隔離し、分けました。例えるなら、私たちの住む世界の上に何枚も何枚もシールを重ねて貼っている状態です。そうやって私たちの世界の姿を隠していた。しかし悪魔が倒れた今、そのシールは力をなくし一枚、また一枚と剝がれていく……今はその最中なんです。いずれ、この世界を隠すシールがなくなれば天使に発見されるでしょう」

「それまでの時間は……？」

「わかりません……教えてくれたのは過去のことです。今起きていることに関しては私たちで調べるしか」

「タイムリミット不明なのに、タイムオーバーしたら滅亡エンドか……クソゲーだね」

吐き捨てるように言い、ヤケクソ気味にカップの中の紅茶を一気に飲み干す。

世界中にダンジョンが現れ、モンスターが溢れかえった。それでも自分の能力と仲間たちを信頼し日々レベ上げだ～アイテム集めだ～と呑気に生きてきたけど……この話を聞いて呑気にスローライフはできそうにない。

てか、天使強すぎじゃねぇ？　文字通り破格の特殊能力である【ダンジョンマスター】や【モンスターマスター】を所持していた昔の人が敗北を悟り、その能力を差し出してまで契約した悪魔を倒すとか……敗色濃厚という四文字が頭に浮かび上がる。

「希望はありますっ」

力強い言葉に、ネガティブな思考が一瞬で取り払われる。

「昔の人々は最初から天使の相手をしなくてはいけませんでした。でも私たちは違います。時間は不明ですが、天使を気にせずに戦力を補強する時間があります。昔の人々はゼロから作っていたダンジョンも、今の私たちには超大型含めて数多くのダンジョンが残されている。土台が整っているんです、私たちは」

「……確かに。『それに』……?」

「言っていませんでしたが『ダンジョンシリーズ』は私たち2人の【モンスターマスター】と【ダンジョンマスター】の2種類だけではありません。全てで6種類。つまり、あと4人のダンジョンシリーズを持つ強力な仲間がいます」

「こんな特殊能力（スキル）をあと4人も持ってる奴いるのッ!?」

ダンジョンを創る能力に、モンスターを捕獲（テイム）し進化させる能力。

今の日本に住む人間に言ったら卒倒（そっとう）しそうな能力に並ぶ奴らが、あと4人？　心強い言葉に思わず気持ちが昂（たかぶ）るが、すぐに思考は冷えてネガティブな方へと向かってしまう。

その能力を持っている6人ですら勝てなかったんだろう、と。

しかし、母浄さんが言う通り俺たちは土台が整っている。

希望は全くない、とは言い切れないだろう。

「じゃあ、その残りの4人をこれから捜すのか？」

「いえ――あと2人です」

「2人？」

「はい。さぁ！　そろそろ入ってきてもらって大丈夫ですよ！」

母浄さんが扉に向けて呼びかけると、扉が開き一人の男と一人の女が部屋の中へ入ってきた。

「うす！　どうも、器部鉄平といいます！　16歳です！　持ってる特殊能力は【ウエポンマスター】！　同じダンジョンシリーズを持つ者同士、仲良くしてください！　おなしゃす！」

90度腰を曲げて快活な挨拶をしてくれた器部という子は、身長が高く、ガッシリとした体格だ。茶色の短髪をワックスで整え、ニコニコとずっと笑みを浮かべている。イケメンではあるが、嫌味はない。すごく純粋そうな子だ。

器部くんに続くように、黒いセーラー服を着る女の子も自己紹介をはじめた。

「鷹虎竜子。18。特殊能力は【ダンジョンガーディアン】。よろしく」

鷹虎さんは顔を少し傾ける程度の会釈をして、そそくさと母浄さんの隣に歩いていき、その手に着けていた黒い革手袋を外して腰を下ろす。

そんな彼女に何も言わず母浄さんは笑みを浮かべて、紅茶の入ったカップを差し出していた。

薄縁の眼鏡の似合う、無口な人かな？　物静かな雰囲気でクールという言葉がピッタリだ。

　右目の下にある泣きぼくろとか超セクシー。とか思いながら顔を見ていると、

「……なにガン飛ばしてんだよ、あ?」

「へ、え、え? いや、別に睨んでないです。はい」

「ちっ。年下に敬語使ってんじゃ……んん、いいですよ、別に敬語じゃなくても」

　クールな表情から急変し、眉間に深いシワを刻んで俺を睨みつけてくる鷹虎さん。

　ドスの利いた威圧に完璧に怯んだ俺は自然と敬語で謝ってしまった。

　それが逆効果だったのかさらに苛ついたような声音で喋るが、我に返ったかのように淑やかになり、態度の寒暖差に唖然としてしまう。

　そんな俺を見てクスクスと笑いながら器部くんが俺の隣に座る。

「へへ、鷹虎先輩ね、クールで淑やかな人に憧れてるらしいんスよ。でも短気なうえに元ヤンだからすぐキレちゃうんです」

「おいクソガキ、五厘刈りにされたいのか……しら?」

「ひぃ、すいません鷹虎先輩っ」

　突然現れた2人に、まだ理解が追いついていなかったのか自分だけなんの紹介もしていないことに今気づいた。

　これはいかん、1番年上の俺がしっかりしなきゃいかんだろう。

「ごめん。俺の紹介がまだだったよな、俺は暗内智。『……さっき潤実さんと話してるの聞い

たから、いいですよ話さなくても。よろしくお願いします』……はい、よろしく」

「よろしくっす！　暗内先輩！」

鷹虎さんへ若干の苦手意識をすでに抱えてしまっているが、母浄さんに目を向けると可愛らしいウインクを貰う。

表情から察するに、すでに仲間は見つけていたんですって感じか。

「この2人も、超大型ダンジョンの最奥地に辿り着き、私と同じ知識を授けられています。そして、最奥地に辿り着いたら……ダンジョンシリーズを持つ者同士、タブレットで連絡が取り合えるようになるみたいで。最初は竜子ちゃんから連絡が来て、その次に鉄平くんから。互いに交流を続けるうちに、私が【モンスターマスター】を持つ暗内さんを見つけたから東京に来てほしいと呼んでおいたんです」

「暗内先輩の少し後にダンジョンへ入ったんですけど気づきませんでした？」

「いや、気づくわけが……あ、いや」

ヨシコが何かに気づいたような素振りを見せていたな。誰かがダンジョンに入ってきたのかと思っていたけど、この2人だったか。

確かに同じダンジョンシリーズを持っている2人なら危険は感じないわな。敵意はないから。

「……あれ」

そういえばこの2人が入ってきてもやけに静かだったな……センセー。

気になり隣を見ると、センセーはカップに口をつけて……動かない？

何秒経ってもピクリともせず、カップから口を外さない。

器部くんも気になるのか、チラチラとセンセーに視線を向けている。

流石に自己紹介をするこの流れ、ここでセンセーが変な人と思われるのも悲しいので、センセーの肩を揺すると、

「……」

「え」

力なく、倒れるセンセー。

場に訪れる静寂。

ゴクリ、と唾を飲み込む音だけが耳に残る。

恐る恐る、俺の隣に座る器部くんが呟いた。

「――し、死んでるッッ」

「いや、んなわけあるかい」

意識を失ってしまったセンセーを母浄さんのベッドに寝かせてから、俺たちは同じダンジョンシリーズを持つ者同士、友好を深めていた。

スカルグレイスは自分が話に加わる必要はないと、センセーを看ている。

どこから取り出したのか、編み物をして空いた時間を楽しんでいた。アイツ、人の部屋で馴

染(じ)みすぎだろう。

「あの骨の人って、暗内先輩のモンスターっすよね」

「ん？　ああ、さっき捕獲(ティム)した。ボスモンスターだったから強い味方になると思って……あ」

そういえばスカルグレイスに灰色の骸冠を返していなかったけど、これってダンジョンの心臓なんだよな？

その心臓を外に連れ出したら、このダンジョンはどうなる？

「なぁなぁ母浄さん。俺はここのダンジョンボスだったスカルグレイスを捕獲(ティム)しちまったわけだけど、このダンジョンからスカルグレイスを連れ出したらどうなっちまうんだ？」

「一度私の支配下に置いたダンジョンはダンジョンボスがいなくなっても消滅しないので大丈夫ですよ。その代わり、ダンジョンから得られる膨大(ぼうだい)な経験値がなくなってしまいますが……」

「あ～、まぁ、しょうがないか。防衛の要(かなめ)になるのがこのダンジョンなら、レベ上げのために失うわけにもいかないし。あともうひとつ、外に出ても大丈夫ってんなら、この迷宮装備(ダンジョン・アイテム)を装備したスカルグレイスが外に出てもちゃんと強くなる？」

「はい。ですが本領を発揮できるのはボスに指定したダンジョンの中だけです。外に出たら、流石にさっき暗内さんが戦った時ほどの力は発揮できません。ダンジョンの心臓は、ダンジョンの中にあってはじめて鼓動するので。それ以外は少し強くなるだけの専用装備です」

「なるほ、どぉ……おっけぇ、ありがと」

そうなるかぁ。階級(ランク)が2つも上がるような装備がどこでも使い放題なわけないか。

とりあえずタブレットから灰色の骸冠を取り出し、スカルグレイスに投げ渡す。

「つケテモ?」

「お前のだからな。むしろ装備していてくれ」

「アリガタキオ言葉……デハ」

俺が渡した冠をひと撫でしてから、スカルグレイスは角に冠をかける。

それだけなのに、モンスターとして放つ威圧感の重さが増す。

ここはダンジョンの中だから、まだC+級のクラウングレイスになるってわけか。

これが外になったらどれだけ変わるのかがわからないけど、仮にも迷宮装備(ダンジョン・アイテム)。間違いなく一太郎やボタンちゃんの持つ武器よりは強い。

カーくんたち以外にも魔法を使えるモンスターは欲しかったし、十分強力な戦力追加だろう。

「……そういえば、まだステータス確認をしていなかったな」

毎度お馴染み、タブレットを操作しクラウングレイスのステータスを確認する。

・種族名　名前/骨教司教クラウングレイス（獣骨人スカルグレイス）　未名
・性別/不明
・階級ランク/C+（+2）

《身体的能力》
・Lv.76（＋30）
・HP　6860／8990（＋5500）
・MP　1150／1550（＋1000）
・攻撃力＝880（＋700）
・守備力＝890（＋700）
・俊敏性＝900（＋700）
・支援魔力＝1500（＋1000）
・攻撃魔力＝1850（＋1000）
・守備魔力＝1800（＋1000）
《特殊能力（スキル）》
・【灰骨の教え（ユニーク・エクスペリエンス）】
・【特例種族値】
・【中級魔法・闇】Lv.3
・【消費MP軽減（小）】
《装備》
・灰色の骸冠＝専用装備者・スカルグレイスが装備時、階級（ランク）上昇補正。階級（ランク）上昇にともない各ステータス〝超〟上昇補正。装備者が正当なC階級(ランク)に至(いた)った時、階級(ランク)上昇補正は消失し、ステータス補正能力のみが残る。

《レベルアップ必要経験値》

・128/3900

《進化》

・Lv.57到達＝攻撃魔力1000以上／守備魔力1000以上＝勇牛骨人(ゆうぎゅうこつじん)ビーストグレイス／階級(ランク)E＋↓D＋

・Lv.58到達＝攻撃魔力1000以上／守備魔力1200以上／支援魔力1200以上＝骨人僧侶(こつじんそうりょ)グレイスプレーテ／階級(ランク)E＋↓D＋

いや灰色の骸冠の効果量エッグ。

装備したらステータスほぼ全て＋1000とかバケモンじゃねぇかオイ。ゲームだったら間違いなくナーフ対象だろこんなん。

まず階級(ランク)上昇補正とかいう壊れ性能。進化を必要とせず階級(ランク)上げるとか……。

「……ん？」

迷宮装備(ダンジョン・アイテム)の壊れっぷりに震えていたが、よく見れば魔力関連のステータス、E級にしては高すぎないか？　補正抜きにして元の数値は800、てか今のカーくんより高くね？

なんでこんなに……って、十中八九この【特例種族値（ユニーク・エクスペリエンス）】だよな。

《特異系特殊能力（スキル）》
・【特例種族値（ユニーク・エクスペリエンス）】
・通常とは異なる力を持って生まれた特例のモンスターが所持する特殊能力（スキル）。通常モンスターとは成長が異なり、レベルアップ時に上がるステータス量が多い。特に特例種（ユニーク）のモンスターが伸びやすいステータスはさらに伸びるようになる。
また、所持する特殊能力（スキル）も強力な物を多く取得していく。


やっぱり。流石は〝特例〟と名に付くだけはある。こんな特殊能力（スキル）を持っているのか。伸びやすいステータス、スカルグレイスは魔力関連がそれか。

Ｅ級時点でＤ＋級、しかもステータス上昇系の特殊能力（スキル）を複数取得させているカーくんに勝る魔力値。

効果量の高さが窺（うかが）える。

「ほぇ～、改めて見ると、本当にモンスターが捕獲（テイム）できてるの凄いっすね」

俺のタブレットを横から覗き込む器部くんは興味深げにスカルグレイスのステータスを見ていた。

「俺、モンスターを仲間にするタイプのゲーム好きだったんすよねぇ。浪漫（ロマン）じゃないっすか」

「器部くんの能力は浪漫じゃないのか？ 【ウエポンマスター】だっけ？」

「いや、俺のも負けてないッスよ！ 俺の能力はあらゆる装備を造（つく）る能力なんす。まだまだ最強性能装備は造れないっすけど、なかなかの物は造れるっすよ」

「へぇ。確かに浪漫だ。男の子は武器が好きって相場が決まってるからな」

「おお？ 暗内先輩、さてはわかる人っすね！ いやぁ、俄然（がぜん）やる気出てきちゃったなぁ。待ってくださいね、暗内先輩にも良い装備造りますから！」

「おっ、マジで……いや、俺にじゃなくていいな。俺のモンスターたちに造ってほしい。俺は身を守る防具だけでいい」

「ええ、暗内先輩ガタイ良いのにぃ。まぁ～しゃーないッスよねぇ。モンスターを指揮する人が最前線で戦って、死んだら意味ないッスもんね」

「そういうことよ」

あらゆる装備を造れる能力、か。これまた万能そうな能力だ。

一人はダンジョンを創り、一人は装備を造り、一人はモンスターを捕獲（テイム）。

言い方を変えれば、一人は城を作り、一人は剣を作り、一人は兵を生むとも言い換えられる。

むしろこっちの方がわかりやすい。

ダンジョンシリーズはまさに、〝なにか強大なモノ〟と戦うために生まれたような特殊能力（スキル）

だな。

天は人間にそんな力を与えた。最初から人間と天使が相容れないってのがわかってたのか
ね？

だとしたら良い性格してるよ。それを観るために創ったんだ。

そんな性格の良いお天道様のおかげで、俺は世界を救う戦いに巻き込まれそうになっている。

本当に「なんでそうなった？」と問いたい。

さっきまでダンジョンボスを仲間にして戦力強化だぁ！　と意気込んでいたのに、今はちっともテンションが上がらん。

母浄さんの話を聞く限り、現存するダンジョンを使い防衛用の砦にし、そこを拠点に俺が育てたモンスターが敵に立ちはだかる。モンスターの手には器部くんが手がけた名装備たち。

想像の域を出ないが、そんな構想を立てているんだろう。

――正直なところ〝マジで嫌〟というのが本音なんだよなぁ。

場の雰囲気は完璧に「みんなで一致団結。世界を護りましょう」みたいになっている。

流石にこの空気で「いやいや、俺は嫌ですｗｗｗｗ」なんて言えるわけがない。

シンプルにみんな良い子たちだ。最年長の俺がそんな子供っぽい振る舞いできるかっての。

表向きは、だ。表向きは付き合う。

俺の目標は、最強のモンスター軍団を築くこと。

世界を救うとか大変そうなのは人に任せて、俺はそれだけに心血を注ぐぞ。

いや、ほら？　俺が最強のモンスター軍団を作れれば結果的には世界を救うのにも貢献(こうけん)できるだろうし？

機を見て俺は個別で動かせてもらいたいと言おうと思ったその矢先、母浄さんから放たれた言葉は真っ向からそれを否定するものだった。

「──みんなで、京都に行きましょう！」

あとがき

どうも皆さん、はじめまして。鎌原や裕です。

この作品は『小説家になろう』様にて開かれていたコンテスト、集英社ＷＥＢ小説大賞で銀賞を受賞させていただき出版となりました。

この作品をＷＥＢで発表している時、まさか書籍化にまで至ると想像もしていませんでした。書籍化はおろか、『小説家になろう』様のランキングに載るとすら思っていなかったです。

２０２０年の秋頃、小説家になりたいと一念発起し書き始めたこの作品。

実は練習作として「みんなこんな感じのが好きだよね。俺も好き」というのを根幹に作ったもので、ぶっちゃけるとプロットなんて作らず書き始めました。世界観はこんなん、主人公とヒロイン、最低限の設定のみをノートに書き殴り、ストーリーは「明日の自分が考えてどうにかするでしょ～」というスタイル。

ただ〝なりてぇな～〟という気持ちだけで書いたこの作品。正直、一作出しただけで小説家だって堂々と名乗れるかと言えば微妙な気がしますが、そのスタートラインには立てました。

この作品を読んで、小説家になりたいと思ってる方。是非(ぜひ)ともまずは書いてWEBにでも上げてみてください。何か変わるきっかけになるかもしれないですよ。頑張ってください。

私も鎌原や裕という名前を見かけたらとりあえず読んでみるかと思ってもらえる作者になれるよう努力し続けます。

最後に、この本を手に取ってくださった皆様方。この本を作りにあたり携(たずさ)わってくれた方々。イラストレーター片桐(かたぎり)様。担当の蜂須賀(はちすか)さん。

全(すべ)ての人にお礼を。本当にありがとうございます。

鎌原や裕

～東京魔王～
モンスターデザイン
設定資料
・ワーウルフ
○ウォーリアーよりは
人間の体型に近い
イメージです。
・ジェネラル
ゴブリン
服装、武器共に
より人間らしい
イメージです。

・ダリス
・ハイオーク
ジェネラルが
より人間に
近づいたので
オークは
動物寄りの
イメージです。

ダッシュエックス文庫

～東京魔王～
モンスターが溢れる世界になり目醒めた能力【モンスターマスター】を使い
最強のモンスター軍団を育成したら魔王と呼ばれ人類の敵にされたんだが

鎌原や裕

2021年12月28日　第1刷発行

★定価はカバーに表示してあります

発行者　瓶子吉久
発行所　株式会社　集英社
〒101-8050　東京都千代田区一ツ橋2-5-10
03(3230)6229(編集)
03(3230)6393(販売／書店専用)　03(3230)6080(読者係)
印刷所　凸版印刷株式会社
編集協力　蜂須賀隆介

ISBN978-4-08-631454-1 C0193